UN DIEU UN ANIMAL

DU MÊME AUTEUR

Variétés de la mort, Albiana, 2001.
Aleph Zéro, Albiana, 2002.
Dans le secret, Actes Sud, 2007 ; Babel n° 1022.
Balco Atlantico, Actes Sud, 2008.
Un dieu un animal, Actes Sud, 2009.
Où j'ai laissé mon âme, Actes Sud, 2010.

ISBN 978-2-330-00654-9

JERÔME FERRARI

UN DIEU
UN ANIMAL

roman

BABEL

à Ryad Girod

Nul éloignement pour moi après Ton
éloignement
Depuis que j'eus la certitude que proche
et loin sont un
Car même dans l'abandon l'abandon
m'accompagne
Et comment peut-il y avoir abandon
quand l'amour fait exister ?
Grâce à Toi ! Tu guides dans la par-
faite pureté
Un adorateur pur qui ne se prosterne
que pour Toi

HUSSEIN IBN MANSÛR EL-HALLÂJ

Bien sûr, les choses tournent mal, pourtant, tu serais parti et, quand l'étreinte du monde serait devenue trop puissante, tu serais rentré chez toi. Mais ça ne s'est pas passé comme ça, car les choses tournent mal à leur manière mystérieuse et cruelle de choses et font se briser contre elles toutes les illusions de lucidité. Tu es parti, le monde ne t'a pas étreint et, quand tu es rentré, il n'y avait plus de chez toi. Il y avait tes parents, ta maison et ton village et ce n'était miraculeusement plus chez toi. Ta mère t'a embrassé avec son amour silencieux, et puis ton père, et tu as retrouvé leur odeur, l'odeur qui avait été celle de tes grands-parents, de tous tes ancêtres sans visage, et dont tu avais si peur qu'elle devienne un jour la tienne, cette odeur humide et douceâtre de savon de Marseille, de feu de bois, de transpiration froide, d'eau de Cologne et de chair fatiguée que les douches quotidiennes et les frottements du gant de crin ne parvenaient même plus à atténuer et qui imprégnait toute la maison depuis si longtemps, l'odeur de la vieillesse et de la mort, de tout ce qui est joué d'avance. Mais elle ne te faisait plus peur parce que ce n'était plus chez toi. Et le jour où ton tour viendrait, après avoir rôdé autour de toi, elle finirait par s'éteindre d'elle-même, parce qu'elle ne t'aurait pas reconnu et qu'elle n'aurait trouvé personne pour accomplir la loi de sa transmission. Quand ta mère t'a demandé comment tu allais en caressant ton bras blessé, tu as doucement écarté sa main et, pour la première fois depuis si longtemps, tu as pu la serrer contre toi et la rassurer et respirer ses cheveux sans frémir de dégoût, comme si ce n'était plus ta mère mais simplement une vieille femme étrangère qui méritait ta compassion. Maintenant, tu marches dans le village et tu te rappelles combien tu as été désespéré de le trouver si semblable à lui-même la dernière fois que tu es revenu et il est encore resté si étonnamment semblable – mais ce n'est plus chez toi. Tu passes devant la maison de Jean-Do et le père de Jean-Do est sur la terrasse, malgré le froid, il fume, il regarde, par-dessus la vallée brumeuse, le soleil se coucher sur la mer et il ne tourne pas la tête vers toi, tu penses qu'il ne t'a pas vu et tu t'approches tout près de lui en appelant doucement, monsieur de Peretti, monsieur de Peretti, mais il ne tourne pas la tête et il dit, en regardant droit devant lui, je ne t'en veux pas, je ne te souhaite pas de mal, mon fils n'en a toujours fait qu'à sa tête, c'était comme ça depuis qu'il était tout petit, ce n'est la faute de personne, mais maintenant je préfère penser que toi aussi tu es mort avec lui, il est juste que tu le saches et c'est pour ça que je te parle maintenant mais je ne te parlerai plus jamais et je ne veux rien entendre de toi et je ne veux plus te voir. Pour respecter son souhait, tu t'éloignes sans bruit comme s'éloignerait un mort et tu continues à marcher dans le crépuscule. Tu entends le tintement d'une clochette qui s'approche et un chien de sanglier pose sur toi ses grands yeux apeurés et remue la queue et courbe l'échine en te croisant. Tu marches longtemps sans voir personne d'autre. Tu t'assois sur un muret de pierre. Il fait nuit. Tu regardes les maisons massives, les volets clos sur des chambres glacées, les rares lumières allumées à des fenêtres sans joie. La clochette tinte timidement dans la nuit et le chien réapparaît. Il tourne en rond un moment, en clignant des yeux avec méfiance, et puis il s'approche en tremblant parce qu'il a peur d'être battu. Quand tu le caresses, il pousse un gémissement aigu et il se couche devant toi et te lèche la main.

Il y a longtemps, souviens-toi, quand c'était encore chez toi, tu te plaignais de ce que le village était un désert. Mais tu avais tort. Un désert, ce n'est pas ça. Tu sais, il y eut une époque où les hommes partaient dans le désert à la recherche de Dieu. Ils y mangeaient des racines amères qui les faisaient souffrir de la soif en échange de visions dérisoires, et ils parlaient à haute voix devant les dunes de sable et tentaient d'apprivoiser les scorpions et ils pleuraient de solitude parce que aucun démon ne venait les tenter pour éprouver leur amour et leur foi inutiles et ils ne trouvaient pas Dieu, ils ne trouvaient que la béance de leur âme et Dieu était la béance de leur âme. Peut-être ai-je été l'un d'eux, je ne m'en souviens plus, mais je sais ce qu'est un désert, et ce n'est pas ça, le silence et l'ennui ne suffisent pas. Personne ne viendrait chercher Dieu ici, dans ce cimetière. Et, un jour, tu l'as compris. Tu étais accablé de chaleur, à l'entrée de la zone verte, au *checkpoint*, en sueur sous ton gilet pare-balles, avec Jean-Do et le Serbe, quelques semaines avant que n'explose la voiture de votre supplice, peut-être à l'endroit même où Ibn Mansûr el-Hallâj, éperdu d'amour sur sa croix, les mains et les pieds coupés, avait fini par trouver Dieu. Mais tu ne t'intéressais pas au sang ancien des martyrs. Tu attendais les enfants. Ils venaient depuis quelques jours, ils vous regardaient, ils vous lançaient des petits cailloux et des insultes en arabe qui les faisaient rire. La veille, tu t'étais procuré des chewing-gums. Quand les enfants sont arrivés, tu les leur as montrés. Tu as attendu un moment et tu leur as fait signe de venir.

D'abord, ils n'ont pas bougé mais, finalement, l'un d'eux s'est approché. C'était un petit garçon bouclé, fin et plein de grâce, avec des yeux clairs. Il avait peut-être huit ou neuf ans. Tu lui as tendu un chewing-gum et il l'a mis dans sa bouche et s'est mis à mâcher. Tu lui as demandé son nom, tu as répété plusieurs fois *Ismak ? Ismak ?* et il a mâché son chewing-gum en riant. Tu lui en as tendu un deuxième, et puis un troisième, et l'homme est arrivé. Il a mis une gifle à l'enfant et l'a forcé à ouvrir la bouche et à cracher le chewing-gum et il a jeté les deux autres par terre. Il a forcé l'enfant à le regarder et il a crié et l'a encore giflé. Tu as pensé que c'était son père et qu'il ne fallait rien dire parce que ça pourrait l'énerver encore plus de te voir prendre la défense de son fils. Jean-Do a fait un pas en avant mais tu lui as dit, reste où tu es, ferme ta grande gueule, pour une fois, ferme-la. L'homme a attrapé le petit garçon par le col et s'est éloigné du *checkpoint* en le forçant à marcher devant lui et il l'a poussé et le petit garçon a fait un bond en avant et il a failli perdre l'équilibre et l'homme l'a poussé encore plus fort, le petit garçon a trébuché et il a battu l'air de ses bras mais il est resté debout, et l'homme l'a poussé une dernière fois et le petit garçon est tombé à plat ventre sur le trottoir poussiéreux. Il était si léger que sa chute n'a fait aucun bruit. L'homme l'a regardé un instant et, à ce moment-là, tu en es sûr, il n'avait pas la moindre idée de ce qu'il allait faire, pas la moindre, mais il a vu les jambes qui dépassaient du rebord du trottoir et ce fut comme si tu avais été présent dans son propre esprit, rappelle-toi, comme si tu avais eu le temps, sans pouvoir rien y faire, de voir ses idées germer, et croître, et devenir des actes, avant même qu'il ait conscience d'y avoir seulement pensé, et tu serais prêt à jurer que, quand il a abattu son talon d'un coup sec, en pesant de tout son poids, sur la petite jambe et que tu as entendu le craquement de l'os et le hurlement de l'enfant, tu l'avais déjà mis en joue. L'homme a levé les yeux vers ton fusil braqué, et il t'a regardé bien en face avec le regard hideux de la vérité et, à nouveau, il a levé son talon et brisé l'autre jambe. Jean-Do criait, tue-moi cette saloperie, cet enculé, tue-le et le Serbe criait, ne déconne pas, ne tire pas, ne déconne pas et tu restais immobile, envoûté par le regard de cet homme et tu savais que tu ne tirerais pas. Il ne te défiait pas, il n'avait pas peur de la mort, il n'avait pas peur de toi. Il était si parfaitement empli de haine et d'amour qu'il n'y avait plus de place en lui pour quoi que ce soit d'autre et il te regardait depuis un monde perdu au-delà du châtiment et du jugement où ton désir de le punir ne pourrait jamais l'atteindre. Il ne t'a pas regardé longtemps, il s'est accroupi près de l'enfant, comme si toi et ton fusil n'aviez jamais existé, il lui a caressé les cheveux et l'a pris dans ses bras, il lui a posé un baiser sur le front et l'a emmené loin de toi, en murmurant peut-être à son oreille des mots de consolation.

Le soir, au bar de l'hôtel, tu as dit à Conti, que tu ne pouvais toujours pas appeler autrement que mon adjudant, bien que vous serviez désormais dans une armée sans grade et sans drapeau, ça va être un désastre, ici, mon adjudant, une défaite épouvantable, nous allons nous faire massacrer, il n'y aura rien à faire. Il a fait apporter une bouteille de whisky et un seul verre, il t'a servi à boire et il a dit, certains pensent qu'ils sont venus pour l'argent, d'autres doivent inventer chaque jour la raison pour laquelle ils sont ici, mais, toi et moi, nous savons la vérité depuis le début, nous n'avons pas besoin de nous raconter de conneries, nous ne mentons pas, nous sommes venus pour la guerre, la seule raison valable, la guerre, ces histoires de défaite et de victoire ne nous intéressent pas, laisse ça aux Arabes, laisse ça aux Américains, tu vaux mieux que ça, et tu as acquiescé mais tu t'es dit qu'il commençait à t'emmerder avec sa philosophie nazie. Tu as eu peur de finir par le mépriser pour les mêmes raisons qui l'avaient toujours rendu admirable à tes yeux et tu ignorais que tu n'en aurais pas le temps. Tu as acquiescé et tu n'as rien dit, tu n'as pas dit, vous aussi, vous mentez, mon adjudant, la défaite vous intéresse beaucoup plus que les

Arabes et les Américains, la défaite vous fascine, c'est pour ça que vous aimez la guerre, et vous trouvez la victoire vulgaire, c'est votre genre de noblesse, vous avez toujours regretté d'être né trop tard pour sauter sur Diên Biên Phu ou pour vous faire massacrer aux Thermopyles ou pour qu'un soudard anglais soulève votre heaume de chevalier du bout de sa pique et vous saigne comme un porc sur le champ d'Azincourt, et maintenant vous êtes heureux d'être ici, vous êtes heureux que l'histoire vous donne enfin l'occasion de prendre la branlée dont vous avez toujours rêvé, tu es resté silencieux et tu as continué à acquiescer à tout ce qu'il disait jusqu'à ce qu'il te laisse tout seul avec la bouteille de whisky. Avant que l'ivresse ne défigure tes nostalgies, il t'a semblé que rien ne te ferait plus plaisir que de retrouver ce village que tu avais si souvent voulu fuir. Tu as voulu rentrer chez toi retrouver quelque chose que tu avais peut-être déjà perdu à ce moment-là, perdu pour toujours. Et tu as continué à boire et les choses furent soudain terriblement claires, tu as mesuré l'ampleur vertigineuse de la défaite à venir, et ton impuissance, et tu t'es dit que, si tu faisais preuve d'un minimum de courage et de compassion, tu devrais effectivement rentrer chez toi, sans faire de bruit, quand tout le monde dormirait, et mettre une balle dans la nuque de ta mère, et une balle dans la nuque de ton père, et passer de maison en maison, et t'armer de courage et d'amour pour tuer les vieillards, et égorger les nourrissons dans leur berceau, et leurs parents dans la tiédeur du lit conjugal, et tous les enfants un par un, et transpercer le cœur battant des jeunes filles avec leurs rêves imbéciles. Et tu pouvais t'imaginer debout, prophète et rédempteur, les bras écartés dans la nuit, couvert de sang au milieu des maisons que tu avais transformées en caveaux, attendant que le soleil éclaire ton œuvre et brille pour te remercier d'avoir enfin permis à ton village d'accomplir sa vocation de cimetière. Mais tu n'as plus ni courage ni compassion. Tu as abandonné le monde à l'ennui de sa mort lente. Le soleil ne brille pas et tu es seul dans la nuit d'hiver, dans ce cimetière que tu as longtemps pris pour un désert, avec un chien à tes pieds, qui te suit quand tu te lèves pour rentrer dormir.

Tous les fantômes immuables de ton passé sont là, comme ils l'ont toujours été, mais c'est seulement maintenant qu'on t'a arraché à eux que tu peux les voir tous et les reconnaître. Des enfants attendent le bus scolaire dans un brouillard glacial et tu es parmi eux. Dans la sacristie, la leçon de catéchisme vient de s'achever et le prêtre vous demande de dire une parole de paix à l'oreille de vos camarades avant de vous séparer, et tu murmures gravement, à chacun d'eux, va dans la paix du Christ, Dieu te bénisse, et Jean-Do se penche vers toi, avec un air recueilli de chérubin, et te dit, gros pédé, et tu éclates de rire, tu te fais gronder et le prêtre te dit que tu ne serviras pas la messe le dimanche suivant. Plus tard, vous fumez des cigarettes tous les deux, tout en haut du clocher, vous regardez le golfe et vous imaginez ce que vous ferez quand vous serez grands et que vous serez partis. Avant, c'était douloureux de penser à tout ça. Aujourd'hui, le village est parsemé des morceaux de l'enfance de quelqu'un d'autre. Sous les arches immenses de la fontaine, c'est à jamais le mois d'août, et tu es encore en train d'embrasser Magali Bielinski et de remonter ta main le long de sa cuisse. Elle venait passer tous les étés au village avec ses parents, dans la maison de famille de sa mère. Quand vous étiez petits, tu la détestais. Un jour, elle pouvait avoir cinq ou six ans, sa mère lui avait acheté un petit sac à main, cousu de perles roses, qu'elle portait avec beaucoup de fierté. Tu le lui avais pris et tu l'avais jeté dans les ronces. Tu te rappelles bien combien tu avais été content de la voir pleurer, et aussi la raclée mémorable que t'avait collée ton père. Jean-Do lui jetait au visage des lézards carbonisés par ses soins pour la faire hurler. Cette année-là, elle eut quatorze ans et toi aussi, et il n'était plus question de cruauté enfantine et d'animaux suppliciés. Tous les jours, vous passiez une heure à vous embrasser sous les arches de la fontaine quand elle rentrait de la plage.

Vous restiez assis sur les bancs de granite moussus, dans la fraîcheur, tu la tenais dans tes bras et elle sentait le sel et le soleil. Le soir, il fallait faire à Jean-Do un compte rendu détaillé de la séance et l'entendre demander, mais qu'est-ce que tu attends pour lui toucher la chatte ? et inventer des excuses qui lui arrachaient des ricanements de pitié jusqu'à ce qu'il finisse immanquablement par te traiter de pédé. La veille du départ de Magali, tu as osé. Tu as étendu ta main tremblante sur sa cuisse et tu es remonté tout doucement et, quand tu as compris qu'elle allait te laisser faire, tu t'es maudit de ne pas avoir osé plus tôt. Tu attendais que ta curiosité soit satisfaite, et ton honneur lavé mais, vois-tu, il arrive parfois que les choses, avant de tourner mal, nous donnent plus que nous n'attendions. Quand tu as soulevé l'élastique de son maillot de bain, elle t'a serré très fort dans ses bras et elle a appuyé sa joue contre la tienne et elle a poussé à ton oreille un petit soupir cristallin, oh ! et elle t'a embrassé dans le cou ce fut comme si toutes tes veines s'étaient déchirées. Tu aurais voulu te concentrer sur ta main pour bien te souvenir de tout mais tu ne pouvais pas, il y avait son souffle chaud et confiant et le merveilleux abandon de son étreinte, il y avait ton propre vertige et les battements inattendus de ton cœur, le murmure de l'eau fraîche, il y avait tellement de choses merveilleuses que tu lui as dit que tu l'aimais. Elle s'est serrée encore plus fort contre toi et elle t'a embrassé encore et elle a dit qu'elle t'aimait aussi. Et puis elle est partie. Tu es resté un long moment seul à la fontaine. Tu ne savais pas comment tu allais pouvoir attendre l'été prochain. Avec Jean-Do, tu as dû inventer des obscénités et le laisser renifler ta main, tu n'as pas dit un mot de ta ridicule déclaration d'amour et tu as eu honte et tu t'es dit que tu allais le payer. Quand tu as appris, quelques mois plus tard, que les parents de Magali allaient divorcer et qu'elle ne viendrait plus passer l'été au village, tu n'as pas pu t'empêcher de penser que c'était une punition divine. Tu l'as revue juste avant de partir à l'armée. Elle était en licence de psychologie et elle était venue avec des amies. Vous avez bu un verre ensemble et elle t'a expliqué que c'était son père qui tenait à passer ses vacances ici. Sa mère, le village, elle l'avait assez vu pendant son enfance et elle préférait ne pas y remettre les pieds. Magali a été très souriante avec toi mais vous n'aviez plus quatorze ans et c'était trop tard. Alors tu n'as rien dit, tu ne lui as pas dit combien tu avais espéré son retour parce qu'à ce moment-là ça n'avait plus d'importance, tu espérais tant d'autres choses qui ne sont finalement jamais arrivées non plus.

Mais, ce soir, qu'espères-tu ? La fontaine est là, tu entends couler l'eau, ton ombre étreint celle de Magali sous les arches et tu as l'impression que c'est la seule chose qui pourrait t'appartenir encore. Arrivé devant la maison de tes parents, tu te penches pour caresser le chien et tu lui fais signe de s'en aller mais il te regarde amoureusement en remuant la queue et lèche tes chaussures. Tu le caresses une dernière fois et tu rentres dans la maison. Il est onze heures du soir. Ton père est endormi devant la télé dont le son a été coupé. Le feu de cheminée éclaire les déchirures crasseuses du lino. Tu poses la main sur l'épaule de ton père et tu lui dis, papa, il faut que tu ailles te coucher, et il ouvre les yeux et pose sa main sur la tienne et sourit en disant, ça va, mon fils ? et il répète, mon fils, et il va se coucher. C'est peut-être cette nuit-là que tu ouvres des tiroirs en essayant de ne pas faire de bruit jusqu'à ce que tu trouves un bloc de papier à lettres jauni et un stylo. C'est peut-être dans le silence d'une autre nuit tombée sur une journée identique. Tu t'assois à la table de la cuisine et, pour la première fois depuis que tu as quitté l'école, tu t'apprêtes à écrire autre chose que ton nom et la date. Pour l'instant, tu n'essaies pas de deviner ce qu'a pu devenir Magali, tu t'adresses à son fantôme de la fontaine et tu espères qu'elle ne l'a pas abandonné comme toi tu as abandonné les tiens à l'indifférence de leur errance éternelle. Tu recommences plusieurs fois, tu déchires du papier et, finalement, tu écris sans réfléchir et, sans relire, tu plies ta lettre et tu la mets dans une enveloppe. Tu te dis que tu chercheras demain une adresse où l'envoyer, celle de Magali, avec un peu de chance, ou celle de sa mère, et que ça te fait au moins un projet pour le lendemain. Dehors, le chien est toujours là. Tu vas te coucher. Tu n'arrives pas à dormir. Ce n'est pas la guerre qui t'empêche de dormir. Ni les jambes brisées du petit garçon, ni la voiture piégée, ni le visage de Jean-Do. Rien ne vient hanter tes rêves. Tu ne fais plus aucun rêve. Tu as l'impression que chaque réveil t'arrache à la mort. Mais tu te trompes. Tu ne t'en souviens pas mais tu rêves, chaque nuit, tu rêves que tu marches au hasard dans une pièce obscure et ce n'est jamais la même pièce, mais tu ne peux pas le savoir parce qu'il y fait toujours absolument noir. Tu ne dors pas parce que tu te demandes quelle est maintenant la vie de celle qui va recevoir ta lettre. Elle est peut-être mariée et elle travaille dans un hôpital, et elle jettera la lettre, ou elle a ouvert un cabinet privé et ta lettre sera posée sur un bureau recouvert de cuir vert, ou bien, plutôt, elle est partie à Paris, à la grande réunion annuelle de l'entreprise de recrutement pour laquelle elle travaille comme consultante et ta lettre devra attendre son retour, perdue dans une pile de publicités, de factures et d'offres de crédits revolving, à moins qu'elle ne lui soit parvenue juste avant son départ, qu'elle l'ait lue sans la comprendre et rangée à tout hasard dans le sobre sac de toile qu'elle porte à l'épaule en pénétrant dans l'immense salle de réunion de l'hôtel de luxe où tous les consultants de son entreprise, venus de toute la France, se retrouvent maintenant. Elle repère le groupe de ses collègues de travail et les rejoint en essayant de marcher bien droit. Elle vient de passer dix minutes dans la chambre qu'elle partage avec sa manager de secteur à se passer de l'eau sur le visage mais elle se sent encore soûle et fatiguée. Le responsable régional lui fait un clin d'œil humide et complice. C'était son idée de passer l'après-midi à boire et c'est ce qu'ils ont fait tous ensemble, ils ont trouvé un bar et ils ont bu des vodkas pomme, comme les adolescents qu'ils ne peuvent cesser d'être malgré les tailleurs de marque, la coupe des costumes impeccables et les responsabilités, ils ont bu en s'encourageant les uns les autres et en essayant d'être aussi enthousiastes que possible. Au fond, personne n'avait vraiment envie de boire. Un jeune homme, embauché le mois précédent, a même protesté que ça ne lui disait rien mais le responsable régional lui a répondu, sur le ton menaçant et sans appel de la plaisanterie, que c'était la seule façon dont il pouvait se faire pardonner de porter ces invraisemblables chemises à manches courtes et tous les autres ont ri et fait semblant de huer le jeune homme et le jeune homme a rougi et il a bu, comme tout le monde, et il a maintenant du mal à tenir debout. Magali lui demande si ça va et il fait oui de la tête en souriant faiblement. Il y a un temps pour le travail et un temps pour la fête. Aujourd'hui, c'est le temps de la fête et de l'enthousiasme, le temps de la liberté, de la transgression. Il y a un grand calendrier invisible, un calendrier sacré qui garantit l'ordre du monde et il y est prescrit que toutes les valeurs seront renversées pendant une seule journée de liturgie païenne afin d'en assurer la pérennité et celle de l'ordre du monde. Le responsable régional est là pour que personne ne l'oublie, il y veille, il a répété sans cesse, vous avez fait un boulot formidable toute l'année, il faut décompresser, lâchez-vous, et, toi, ne me tire pas cette gueule, bois un coup, c'est bon pour ce que tu as. Sur l'estrade, quelqu'un s'approche du micro et demande à l'assistance de s'asseoir. Le brouhaha s'apaise, il y a encore des raclements de chaise maladroits et des fous rire, Magali et son équipe ne sont pas les seuls à avoir bu. Quand le silence s'est fait, le type au micro annonce que la directrice générale pour la France va faire un discours et il y a des applaudissements frénétiques. Elle fait un bilan des résultats de l'année, les compare aux objectifs qui avaient été fixés et annonce que ces objectifs ont été largement dépassés, et elle s'en félicite et sa voix dérape dans les graves au moment où elle tient à remercier personnellement, bien qu'elle ne les connaisse pas, chacun de ceux qui, par leur dévouement et leur compétence, ont contribué à ce succès et elle dresse le tableau d'un avenir radieux, elle parle avec une émotion sans cesse croissante des perspectives de développement et des combats à mener, et des victoires éclatantes que, tous ensemble, ils remporteront et, de sa chaise, Magali voit très bien que son émotion n'est pas feinte et qu'elle a presque les larmes aux yeux, elle parle avec ferveur et abnégation de l'entreprise, comme si c'était un être mystérieux mais tangible, appartenant à un ordre supérieur immuable et, dans ce sens, plus réel que tous les êtres humains présents dans cette salle qui n'en sont que la chair visible, inessentielle et périssable, et Magali sait que c'est bien la vérité. Il y a là un mystère digne de vénération – et c'est la vérité. Tout le monde applaudit à tout rompre. L'émotion se répand comme un gaz toxique. La directrice générale lève la main pour faire cesser les applaudissements et elle annonce d'une voix raffermie qu'elle va maintenant remettre leurs trophées aux meilleurs consultants de chaque secteur, ceux dont la chasse aux têtes a été la plus féconde. Elle annonce le nom du secteur, puis le nom du consultant et le nom de la ville dans laquelle il travaille et, pendant que le lauréat rejoint l'estrade sous les applaudissements, le montant des commissions qu'il a fait gagner à l'entreprise. Secteur électricité et climatisation. Magali Bielinski. Magali se lève. Elle a peur de tituber.

Elle entend la voix du manager régional qui crie, ouais, ouais, et elle baisse la tête. Elle arrive à l'estrade sans encombre, serre la main de la directrice et prend son trophée, une espèce de statuette qui ressemble à une flèche dorée, et elle va s'aligner derrière l'estrade à côté des autres lauréats. Quand la cérémonie est finie, elle va rejoindre son groupe autour du buffet. Tout le monde l'embrasse et la félicite. Elle se sent plus légère, presque joyeuse. Elle lève la coupe de champagne qu'on vient de lui tendre et elle sourit. Les hommes ont besoin de quelque chose de plus grand qu'eux pour vivre. Peu importe ce qu'est cette chose. C'est une loi aussi éternelle que celle qui administre la course des astres. Pourquoi ne pas s'y plier avec soulagement ? Magali boit du champagne, elle accueille les félicitations avec bonheur et elle savoure le plaisir de se sentir à sa place dans un monde qu'elle comprend et qu'elle n'a plus besoin d'aimer. Un peu plus loin, la manager de secteur éclate de rire très fort, elle se ressert du champagne et elle pose sa main sur le bras d'un homme qui lui parle à l'oreille et lui touche la hanche. Elle est très rouge et ses yeux brillent. Elle s'approche de Magali et lui dit d'une voix tendue par l'excitation, ma chérie, je crois que ce soir tu auras la chambre pour toi toute seule, si tu vois ce que je veux dire, ça ne fait pas un pli, et elle éclate de rire et rejoint l'homme qui ne l'a pas quittée des yeux. Jamais elle ne l'avait appelée ma chérie auparavant. Ce n'est pas une faute. Savoir être familier, sans complexe, quand il le faut, est le signe d'une personnalité épanouie et sûre de son autorité.

Magali se retourne et tombe nez à nez avec un type qui porte comme elle un trophée et une coupe de champagne. Il lui sourit d'un air complice et gêné. Ils auraient pu prévoir un endroit où laisser les trophées, on a l'air un peu con avec ces trucs à la main, non ? et Magali en convient, c'est vrai, ils ont l'air un peu con, et elle lui rend son sourire. Il s'appelle Nicolas Rummelhart. Il travaille dans le secteur du gros œuvre. Meilleur secteur que celui de Magali. Chefs de projet, maîtrise d'ouvrage. Des commissions bien plus importantes. Il n'a pas l'air de s'en faire une gloire. Il est gentil et souriant. Il a à peu près l'âge de Magali, moins de trente ans, en tout cas, comme la moitié des consultants présents dans la salle. Ils boivent du champagne ensemble, ils parlent des villes où ils travaillent, de l'ambiance de leurs bureaux respectifs, de la tristesse de la province, ils discutent longtemps sans aborder aucun sujet intime ou personnel et Magali est tout étonnée de ne pas s'ennuyer, le temps glisse légèrement, les sujets de conversation n'ont aucune importance, ce qui compte, c'est de boire du champagne et de profiter de la chaleur d'une compagnie amicale. Ils échangent leurs coordonnées. Il est presque minuit.

Magali n'a pratiquement rien mangé. Il lui propose d'aller lui chercher une assiette, s'il reste encore quelque chose à cette heure-ci, mais elle lui dit que ce n'est pas la peine, elle n'a pas faim, elle préfère une autre coupe de champagne. Il n'y a plus de champagne. Magali n'a pas sommeil, elle a encore envie de boire un peu avant d'aller se coucher et il dit, moi aussi, je boirais volontiers encore un coup, il y a bien le minibar dans ma chambre mais le collègue avec qui je la partage est allé se coucher, il était cuit, et Magali se met à rire et dit, moi, je suis avec ma manager mais je ne crois pas qu'elle rentre dormir dans notre chambre, et j'ai un minibar, si tu veux, et il dit qu'il veut bien. Dans l'ascenseur, ils se taisent. Les pointes des flèches dorées oscillent dans le silence. Magali ouvre la porte de la chambre, assieds-toi, pose ce truc dans un coin, je vais voir ce qu'il y a, et elle ouvre la porte du minibar, pas de champagne, il y a de la vodka, du whisky et du Baileys, je prends le Baileys, si ça te dérange pas. Nicolas choisit la vodka. Magali se laisse tomber dans un fauteuil avec un soupir de soulagement, elle débouche sa petite bouteille de Baileys, l'agite dans la direction de Nicolas comme pour trinquer et en boit une longue gorgée. Elle passe les jambes par-dessus un accoudoir, dégage un de ses talons et agite sa chaussure du bout du pied. Elle ferme les yeux, soupire, les rouvre, sourit à Nicolas. Il regarde fixement son pied. Elle peut sentir la brutalité de son désir. Elle espère qu'il n'essaiera pas de le dissimuler, qu'il ne dira rien et qu'il se jettera sur elle sans un mot. Elle le regarde, en se répétant très fort, ne dis rien, viens, et ses incantations obstinées envahissent toute la pièce et en imprègnent si fort l'atmosphère que Nicolas se lève et la prend dans ses bras. Il relève tout de suite sa jupe et la touche et la traîne sur le lit et la pénètre sans se déshabiller. Elle se sent avide et exaltée. Il s'astreint à respirer profondément, pour calmer son excitation, il lui passe tendrement la main dans les cheveux, et l'embrasse. Sa langue a un goût de champagne et de vodka. Magali la sent s'agiter dans sa bouche et elle pense soudainement à une tumeur, à un fruit de mer ou à un parasite vorace et elle essaie désespérément de canaliser ses pensées mais c'est trop tard : son désir reflue le long de ses bras et de ses jambes et se condense un instant dans son ventre et, en quelques secondes, il n'en reste plus rien. Elle se laisse manipuler tristement, l'esprit vide, elle se retourne docilement quand il lui demande de se retourner, sa joue frotte l'oreiller, elle sent les coups contre ses fesses et elle s'abandonne au ressac monotone, son corps tangue pesamment, c'est un grand vaisseau mélancolique abandonné aux caprices des djinns de la mer, couvert de lourds coraux, d'algues et de coquillages qui le font pencher vers les abysses, elle est fatiguée et elle sent le goût fade du Baileys dans sa bouche qui s'emplit soudainement de salive, Nicolas donne un violent coup de reins, quelque chose se disloque dans le craquement des haubans arrachés, et elle vomit sur l'oreiller. Nicolas se retire d'elle, elle se redresse péniblement et, avant même qu'elle ait eu le temps de penser clairement, non, non, ce n'est pas vrai, ce n'est pas moi, pas moi, une vague déferle et un second spasme la projette en avant, la migraine lui broie les tempes, et elle vomit encore. Elle a si mal à la tête qu'elle ne peut pas bouger, une odeur sucrée d'alcool lui brûle les narines, elle ferme les yeux de toutes ses forces, la voix de Nicolas la fait souffrir, ne t'en fais pas, ce n'est rien, ce n'est rien, et les djinns la prennent en pitié, les abîmes marins s'ouvrent en leurs cavernes secrètes et l'engloutissent enfin avec son humiliation.

Elle se réveille à l'aube. Elle reste un moment indécise et soulagée et puis elle se souvient de tout et cache son visage dans ses mains. Elle est nue dans le lit dont les draps ont été enlevés. Ses vêtements sont pliés sur une chaise. Elle se lève et va dans la salle de bains. Les draps souillés sont dans la baignoire. Elle les prend et les cache au fond d'un placard. Elle se lave les dents mais sa bouche reste amère et brûlante. Sur la table de nuit, elle trouve un mot, repose-toi bien, je t'appelle, ne t'en fais pas. Il est trop tôt pour partir. Elle s'allonge et essaie de dormir mais son cœur bat trop fort. Elle n'arrive pas à se calmer, elle est terrorisée, elle voudrait que le passé soit aboli et elle sait que c'est la seule chose qui n'arrivera pas. Elle met l'oreiller sur sa tête, elle ramène ses jambes contre elle et se recroqueville et contracte ses muscles jusqu'à ce que son cœur explose, mais son cœur n'explose pas, il bat et l'empêche de rêver qu'elle est morte. Elle sait que son angoisse est complètement démesurée, elle sait que, demain, elle reprendra le travail, et les consultants de son secteur, dans toutes les villes de France, verront sa photo épinglée sur le mur de leur bureau, et le montant de ses commissions, l'attestation de sa réussite, des inconnus l'envieront et, bientôt, il ne restera rien de cette nuit. Car toutes les nuits du monde sont promises à l'oubli. Mais son cœur bat toujours trop fort, sa bouche a le goût du sang, elle se sent coupable d'un crime abominable qu'elle devra expier et elle ne peut pas s'enfuir. Cet homme l'a ouverte en deux comme une carcasse d'animal, une carcasse impudique exhibée sur un étal sanglant sous ses propres yeux horrifiés, et elle n'arrive pas à se défaire de la certitude que jamais auparavant elle n'a posé sur sa vie un regard aussi lucide. Si fort qu'elle se débatte, tous les chemins la conduisent finalement ici ou dans une chambre semblable. Elle se retourne sur le dos et se force à écarter les bras et les jambes et à respirer lentement en gardant les yeux ouverts sous l'oreiller. Elle renonce à se défendre contre les soubresauts de son esprit jusqu'à ce qu'il soit l'heure de prendre le train, d'appuyer sa joue sur la vitre froide et d'échapper à la laideur poignante des campagnes mouillées en cherchant ta lettre au fond de son sac. Elle regarde à nouveau ton écriture ronde et maladroite d'enfant illettré, les phrases surchargées et incohérentes où se bousculent des oiseaux morts et des maisons qui sont comme des tombeaux, une chose étrange qu'on ne peut pas perdre mais qu'on finit par perdre quand même, des guerres perdues depuis mille ans, des jambes fragiles, brisées par l'impitoyable intégrité de l'amour, et la fraîcheur d'une fontaine dans la lumière de l'été qui ne finit pas. Elle relit tout avec attention et elle pense qu'elle devra relire encore, autant qu'il le faudra, jusqu'à ce qu'apparaisse la vérité de ce que tu as voulu lui dire et qu'elle finisse par se rappeler ton visage comme tu te rappelles maintenant le sien en regardant le feuillage sombre des oliviers onduler dans la dernière clarté du ciel. Le chien a posé sa tête sur ta cuisse. Tu n'as pas retrouvé son propriétaire et, s'il se manifestait aujourd'hui, tu ne le lui rendrais plus. C'est ton chien. Tu ne lui as pas donné de nom mais ça semble lui convenir. En quelques semaines, il a oublié ses réflexes craintifs de bête aux aguets. Quand ta main se lève, il sait qu'elle prépare une caresse. Tu as jeté sa clochette. Il te suit partout et, si tu ne fais pas attention à lui, il glisse sa truffe humide sous ta main. Tous les soirs, avant le coucher du soleil, tu pars t'asseoir dans l'oliveraie. Tu prends la petite carabine de calibre 14 que ton père t'avait offerte pour tes douze ans. Tu regardes les merles et les grives s'agiter dans les branches mais tu ne tires pas. Tu n'es pas là pour chasser. Tu caresses le chien. Le monde est rempli du visage de Magali qui n'a pas répondu à ta lettre et le visage grandit chaque jour comme s'il se nourrissait de son silence. Ton père t'avait fait promettre de ne jamais marcher avec la carabine chargée. Si tu jurais de respecter cette promesse, tu aurais le droit de venir ici après l'école, tout seul. Tu as juré. Le premier soir, il t'a accompagné et s'est assis près de toi. Tu levais les yeux vers la cime des arbres, la lumière déclinait doucement, tu entendais le chant des oiseaux mais ton regard se perdait dans l'obscur et mouvant labyrinthe de branches, de feuilles et de plumages enchevêtrés. Parfois, tu croyais reconnaître le battement d'une aile et tu épaulais un instant mais, le temps de prendre la mire, tu ne voyais déjà plus rien. Ton père a pris la carabine, il a tiré sans hésiter et tu as entendu le bruissement énorme de l'oiseau qui tombait. Il faut apprendre à regarder, a dit ton père. Bientôt, tu sauras. C'était une grive au jabot moucheté. Les plombs l'avaient atteinte au côté gauche et elle tournait sur elle-même autour de son aile valide en faisant claquer silencieusement son bec. Il faut la tuer, a dit ton père. Il l'a ramassée et te l'a tendue. Elle palpitait dans ta main. Comme tu ne savais pas quoi faire, ton père l'a reprise. Regarde, a-t-il dit, et il a donné un coup sec de son index replié sur la tête de l'oiseau qui a cessé de bouger. Il faut faire vite, a-t-il encore dit. Ce n'est pas la peine de les faire souffrir. Tu as dit oui. Tu as ouvert ta main poisseuse de sang chaud. Parole du Seigneur. *Regardez les oiseaux du ciel : ils ne sèment, ne moissonnent ni ne ramassent dans les granges, et votre père céleste les nourrit. Ne valez-vous pas mieux qu'eux ?* Tu avais un peu peur de revenir ici tout seul, dans la pénombre, mais il ne fallait pas décevoir ton père et, surtout, il y avait quelque chose que tu voulais comprendre. Tu es revenu. Tu as aiguisé ton regard de tueur. Tu as appris à distinguer les oiseaux dans la masse végétale, comme si tu percevais directement leur chaleur. Un merle est tombé. Quand tu t'es approché, tu as constaté avec soulagement que la décharge l'avait presque décapité. Un autre merle est tombé. Il n'était que blessé, un peu de sang suintait au coin de son bec et il battait des ailes dans la poussière. Tu l'as immobilisé et tu l'as regardé se débattre. Tu as essayé de l'achever du bout du doigt, comme l'avait fait ton père, mais tu ne savais pas t'y prendre, tu as essayé plusieurs fois, l'oiseau s'épuisait en essayant d'échapper à ton étreinte et tu commençais à paniquer presque autant que lui. Tu as trouvé une grosse pierre et tu l'as tué. Tu es retourné t'asseoir avec les deux oiseaux morts près de toi, tu as touché délicatement leurs plumes souillées, guetté le dévoilement de leur secret et, en ayant vaguement honte de toi-même, tu as récité un Notre Père avec une piété un peu théâtrale.

Tu songeais parfois à devenir prêtre. Tu servais la messe avec beaucoup de ferveur. Acceptes-tu de te le rappeler ? Au catéchisme, on te parlait de l'amour de Dieu comme d'une chose simple. Tu quittais l'enfance et tu ne croyais plus aux mensonges réconfortants. Car l'amour de Dieu est sans commune mesure avec celui des hommes et il ne ment pas. Les merles ensanglantés et toi, leur assassin, vous étiez la vérité de l'amour de Dieu, et l'infinité de son amour monstrueux s'étend encore sur vous, sur toute chose indistinctement et sur l'univers, l'amour de Dieu préside à la génération et au carnage, à l'accouplement et à l'abandon, il brise l'âme voluptueuse du martyr et s'insinue jusque dans le cœur souterrain des rats pour l'emplir de terreur et de voracité. Tu ne savais pas tout cela mais tu sentais que l'agonie des oiseaux et ta solitude meurtrière recelaient un mystère aussi puissant que celui qui te faisait courber la tête devant l'élévation du calice et tu as lentement renoncé aux aubes blanches, au lourd balancement de l'encensoir et à la niaiserie des exégèses enfantines. Le prêtre t'a demandé si tu ne croyais plus en Dieu et tu as dit que tu ne savais plus à quel Dieu tu croyais. Mais il n'y a qu'un seul Dieu ! t'a-t-il rappelé et tu lui as dit, je sais et il n'a pas cherché à te retenir. Le crépuscule t'attendait dans l'oliveraie et le canon de ta carabine se tendait vers les cimes, les oiseaux morts s'entassaient près de toi et leur masse inerte te faisait peur mais tu te forçais à rester immobile en face de ta peur jusqu'à ce que la nuit soit tombée et qu'il soit l'heure de rentrer chez toi, avec une gerbe de cadavres suspendus à ta ceinture par des lanières de cuir, qui se balançaient au rythme de ta marche d'apocalypse, sur le chemin de ton propre évangile, et laissaient sur ta jambe l'empreinte de leur sang. Ta mère les plumait et, avec la pointe d'un couteau, elle extrayait de leurs chairs les minuscules billes de plomb que tu regardais rouler sur la toile cirée.

Les oiseaux n'ont pas de mémoire et ils n'ont pas peur de toi. Toi non plus, tu n'as plus peur. Le chien grogne dans son sommeil et agite ses pattes. Pourquoi prends-tu la carabine, si tu ne chasses pas ? demande ton père. Tu hausses les épaules sans lui répondre parce que tu ne sais pas pourquoi. Mais, moi, je le sais. Tu essaies de rentrer chez toi, tu essaies de recréer un chez-toi avec la lumière du jour déclinant, les grives et la carabine mais tu n'y arrives pas, tout se délite et s'éparpille sous tes yeux d'étranger, tu te demandes, comment peut-on perdre une telle chose ? et puis tu oublies de te le demander parce que le visage de Magali finit par chasser de ton esprit tout ce qui ne lui ressemble pas. Tu finis par croire que ce visage a toujours été là mais ce n'est pas vrai, c'est seulement la place qu'il occupe en toi qui a toujours été là, cette place vide où la foi de ton enfance, la peur et le désir de partir l'ont précédé mais où rien n'a jamais pu s'établir durablement. Car tu as été fatigué de la foi, et de ton enfance, et fatigué de tuer des oiseaux et tu t'imaginais que le monde attendait de t'accueillir dans l'étreinte qu'il ne te donnerait jamais, et ici, ce n'était pas le monde, ce n'était qu'un désert, souviens-toi, et tu rêvais si fort de partir que tu as fini par faire rêver Jean-Do, qui n'était pourtant pas fait pour les rêves, et qui a accepté de t'accompagner quand tu es parti la première fois. Tu regardais les portraits de militaires accrochés aux murs de vos maisons. Tu relisais sans cesse les mêmes livres sur l'Indochine et sur l'Algérie, tu souriais quand tu y reconnaissais les noms des tiens et, toi aussi, sans t'en rendre compte, tu apprenais à vénérer la débâcle. Le service militaire allait disparaître et il ne vous aurait pas été difficile de vous faire réformer. Mais tu as convaincu Jean-Do d'être volontaire avec toi pour un service de deux ans qui vous permettrait de partir au bout du monde et d'arracher les racines qui alors t'encombraient tant. Vous avez bu des bières sur le pont du bateau et tu surveillais Jean-Do avec inquiétude, lui répétant, tu ne vas pas me lâcher maintenant, et il répondait non, non, mais, quand vous avez débarqué à la gare maritime, il a dit qu'il allait acheter des cigarettes et il n'est pas revenu. Tu as franchi seul le seuil de la caserne du régiment d'infanterie de marine, on t'a rasé la tête et donné un treillis et le reflet que t'a renvoyé le miroir n'était pas seulement le tien mais celui de centaines de jeunes garçons qui fuyaient la même terre que toi et qui étaient morts depuis si longtemps qu'il ne subsistait plus rien d'eux si ce n'est le monument pâle de ta propre chair. Dans la cour t'attendait l'immense adjudant Conti, les pouces glissés dans sa ceinture, et tu lui as souri en lisant son nom sur sa poitrine et, à son tour, il a regardé ton nom mais il ne t'a pas rendu ton sourire et pendant toutes les semaines qui ont suivi il t'a réveillé en pleine nuit en te tirant d'un sommeil si profond qu'il te semblait être Lazare poussant à regret la pierre du tombeau, et il t'a fait courir jusqu'à ce que l'air ait la consistance et la couleur du sang, il t'a montré comment ton corps pouvait se mouvoir sans le secours de ton âme éteinte, et il t'a appris à n'être plus personne et à l'aimer plus que tu n'avais jamais aimé quiconque, mais pas une seule fois, tant qu'a duré ton instruction, il ne t'a rendu ton sourire.

Deux mois plus tard, tu as eu une permission et tu as pu rentrer chez toi pour quelques jours. Jean-Do t'a expliqué qu'il avait croisé un cousin dans le bureau de tabac de la gare maritime et qu'il avait passé la soirée avec lui. Le lendemain après-midi, quand il s'était présenté à la caserne, on l'avait reçu comme un chien et il avait encaissé sans rien dire, malgré sa gueule de bois, mais, plus tard, alors qu'il attendait que ton peloton rentre de l'entraînement en se promenant dans les couloirs, un caporal lui avait donné un coup de pied au cul en lui disant de sortir les mains de ses poches et Jean-Do, à qui l'idée de hiérarchie était parfaitement étrangère, s'était retourné et lui avait cassé la tête, après quoi il avait continué à déambuler jusqu'à ce qu'on le convoque dans le bureau du capitaine qui lui avait demandé si c'était vrai qu'il avait frappé le caporal et Jean-Do s'était mis en colère, il avait dit que le caporal était un enculé doublé d'une balance et que, s'il le recroisait, il lui donnerait le reste et le capitaine lui avait dit, monsieur de Peretti, je pense que nous ne pourrons pas vous garder et il l'avait envoyé chez le médecin militaire qui l'avait illico réformé pour instabilité psychologique grave et viré de la caserne comme un malpropre sans même lui permettre de t'attendre pour t'expliquer ce qui s'était passé. Le père de Jean-Do était de très bonne humeur, il riait, quand il est parti, sa mère a pleuré, comme si on n'allait plus revoir ce grand abruti pendant deux ans, une vraie tragédie, et il revient à la maison trois jours plus tard. Tu leur as dit que tu allais partir bientôt pour Djibouti et il a fallu leur montrer sur une carte où était Djibouti. Tu as caressé la mer Rouge du bout du doigt et l'ombre de l'adjudant Conti a entamé autour de son long corps immobile une course circulaire de dix-huit mois et laissé derrière elle la frontière du millénaire. La lumière oblique de l'aube africaine la projetait sur la poussière brûlante où elle suivait l'alignement de vos silhouettes au garde-à-vous, elle rampait imperceptiblement, le long des barbelés chauffés à blanc, vers l'abolition momentanée du zénith avant de repartir frôler les Issas enroulés dans la torpeur de leurs foutas à carreaux, sous les troncs tordus d'arbres rachitiques, elle vous rattrapait pour l'appel du soir et tu attendais le moment où, devançant les ténèbres qui s'avançaient depuis les côtes du Yémen, elle glisserait sur ton visage pour rafraîchir ta sueur et te soustraire à la torture du soleil. Le monde fuyait encore et, s'il y avait une vérité dans cet interminable combat contre la chaleur et l'oisiveté, tu n'étais pas capable de la voir. La nuit, dans les rues, des hommes aux yeux hallucinés, la joue gonflée par le qat, jouaient aux échecs en silence sur des tables bancales, et toi et tes semblables passiez au milieu d'eux comme des créatures transparentes ou abstraites. Vous cherchiez un refuge contre le sommeil dans la lumière des bars à putes. Car c'était un immense bordel, et un autre cimetière dans lequel vous pourrissiez : un vent fétide charriait l'odeur de votre décomposition par-delà les déserts, il arrachait des filles sans nombre à la léthargie de leurs bidonvilles et les guidait jusqu'à vous, épuisées de misère, afin qu'elles survivent en se nourrissant de vos dépouilles, comme vous vous nourrissiez des leurs.

Les guerres civiles t'oubliaient dans l'asphyxie de la vie de garnison, les légionnaires te regardaient avec mépris et, dans la nuit silencieuse du poste de garde, l'adjudant Conti renonçait parfois à l'impartialité de son gouvernement car, depuis toujours, tu étais l'un des siens, et il te consolait de tes rêves consumés par la canicule en te parlant des guerres anciennes et de la façon dont les hommes ont toujours su mourir, et il disait que rien n'est éternel si ce n'est la guerre et le combat que l'âme humaine est condamnée à livrer contre elle-même pour renaître de son propre feu. Il te promettait les guerres à venir, il suffisait d'être patient mais rien ne t'arrachait à ta langueur et, chaque jour, les battements de ton cœur se faisaient plus profonds et plus lents et diffusaient dans tes veines le poison d'une nostalgie sans objet ni remède, tu ployais sous l'hébétude d'une inexplicable absence de dépaysement et, je dois te le rappeler, tu ne pensais jamais à Magali qui avait disparu de ta mémoire.

Mais parce que son visage a envahi tes horizons et contamine maintenant ton passé, tu es désespérément sûr qu'elle a toujours été là et que tu ne savais plus la reconnaître – car c'était elle, ton hébétude et ton incommensurable ennui, et ta nostalgie du néant, elle, ta tristesse quand toutes les putains de Somalie et d'Erythrée se déshabillaient devant toi et s'allongeaient dans les fournaises de la nuit, c'était elle, ton obstination quand tu frottais indéfiniment ta langue contre la cicatrice sèche et boursouflée que le couteau de l'excision avait gravée entre leurs jambes, elle encore, la mélopée qui berçait leur abandon machinal, oh ! chéri, oh ! chéri, au rythme de leurs reins exténués et, dans la fraîcheur de la fontaine, sous les arches de pierre, la voix de Magali se levait en écho à leur voix et venait en usurper secrètement le timbre monotone. Et tu veux croire que, par la grâce du même miracle secret, dans la solitude de ton éloignement radical, tu es auprès d'elle sans qu'elle le sache, en ce moment même où elle coupe brutalement son téléphone portable après avoir écouté les messages épuisants que lui a laissés un autre que toi. Quand Nicolas Rummelhart l'avait appelée, elle n'avait d'abord pas répondu. Mais elle n'arrivait pas à se libérer de son angoisse, elle imaginait la nouvelle de sa déchéance circulant sur l'Intranet, les rires gras, et elle souhaitait violemment que cet homme n'ait jamais existé. Il valait mieux qu'elle se rassure en lui parlant et, quand son numéro s'était à nouveau affiché, elle avait finalement accepté l'appel. Elle avait tout de suite compris à sa voix pleine de gentillesse qu'elle s'était inquiétée pour rien et elle avait regretté d'avoir décroché. Il voulait la voir, il proposait de prendre le train pour passer un week-end avec elle et, comme elle lui assurait que ce n'était pas une bonne idée, il lui avait dit qu'il comprenait sa gêne mais qu'elle devait la surmonter parce que la seule chose qu'il conservait d'elle, c'était un souvenir ébloui. Ce n'est pas la question, avait-elle dit et il ne l'avait pas crue. Essaie d'y penser, avait-il insisté, je te rappellerai et, lâchement, elle avait dit oui. Depuis, elle ne répond plus mais il rappelle plusieurs fois par semaine et lui laisse des messages de plus en plus obstinés et pathétiques, il la comprend, il l'aidera, il ne peut pas imaginer que ce qui aurait pu être leur histoire avorte ainsi, pour une bêtise, il faut qu'elle lui donne une chance, qu'elle se donne une chance à elle-même, il comprend que c'est difficile mais elle doit essayer de lui faire confiance, il attendra qu'elle soit prête, il comprend tout, et Magali efface ses messages en rêvant d'un monde où personne ne s'imagine la comprendre et ne s'en soucie même pas. Mais ce monde n'existe pas et, à la fin de sa journée de travail, la manager secteur insiste pour qu'elles aillent boire un verre ensemble et deux autres consultants se joignent à elles. Ils sont assis autour d'une table depuis quelques minutes, l'ambiance est pesante, ils ne trouvent rien à se dire et la manager secteur prend soudain un air grave qu'imitent aussitôt les deux autres et pose une main charitable sur la sienne. On tenait à te parler, Magali. En toute amitié. Depuis qu'on est rentrés de Paris, on te trouve changée et tout le monde s'inquiète pour toi. Tu es nerveuse, tu as l'air de mauvaise humeur, tu prends la mouche pour un rien. Et tu rends tout le monde nerveux autour de toi. On trouve que l'atmosphère du bureau a changé, elle est devenue plus pesante, on en a discuté et on pense vraiment que tu es un peu responsable de ça, comprends bien que c'est un constat, pas un reproche. Mes résultats sont toujours bons, dit Magali d'une voix qu'elle trouve détestable. Le sourire de la manager secteur se fait douloureux. Oh, ce n'est pas une question de résultats, il n'y a pas que les résultats dans la vie ! dit-elle avec une absolue sincérité. C'est vrai, murmure Magali et elle baisse les yeux. Depuis deux ans, elle s'est totalement investie dans son travail, elle a accepté de s'installer dans une ville qu'elle ne connaissait pas et elle l'a fait avec un enthousiasme ostensible qui devait attester de sa motivation et de sa disponibilité, elle a compris et accepté toutes les règles, les règles visibles, les règles cachées, elle est partie en chasse, sans états d'âme et sans relâche, elle a épuisé les ressources de la ruse et du mensonge et appelé toutes les entreprises de la région en s'inventant d'une voix ferme des identités rassurantes pour tromper la vigilance des secrétaires qui la mettaient innocemment en contact avec celui qu'elle envisageait de débaucher, à qui elle mentait encore en lui laissant entrevoir des opportunités fabuleuses, êtes-vous satisfait de votre poste actuel ? accepteriez-vous de me rencontrer pour un entretien ? sans craindre, dans sa traque, ni les silences indignés ni les insultes du gibier, ne t'avise pas de rappeler, espèce de salope ! surtout, ne rappelle jamais, car c'était un risque à prendre pour pouvoir accueillir dans son bureau ces dizaines d'hommes épuisés et flattés qui tordaient nerveusement les mains devant la majesté de sa jeunesse et qu'elle renvoyait au tourment de leurs espérances après avoir archivé leur CV dans son fichier et, inlassablement, elle a engrangé, classé, comparé, recoupé, sans se laisser distraire, mais en prenant chaque fois le temps de se réjouir avec les autres quand retentissait la sonnette qui annonçait l'encaissement d'une commission, et en guettant sur l'Intranet les messages qui signalaient un gain exceptionnel, avec leurs polices fantaisie, leurs couleurs vives et leur indispensable touche d'humour triomphant, des listes de prénoms, de villes et de chiffres célébrant les héros du jour et leurs exploits, Audrey de Tours, en fuchsia, Eric de Besançon, en jaune canari, Yann, de Toulouse, en parme, et elle a appris à se sentir nerveuse quand son nom n'apparaissait pas pendant trop longtemps et à travailler davantage jusqu'à ce qu'il s'inscrive à nouveau sur l'écran dans la couleur toujours merveilleuse de sa délivrance. Pourtant, ce n'est pas une question de résultats, c'est la vérité, non qu'ils n'aient aucune importance, mais parce qu'ils ne suffisent pas. Magali regarde la manager secteur et ses deux collègues, elle étouffe sous la chape de leur prévenance et bien qu'elle ait envie de leur dire, s'il vous plaît, allez vous faire foutre, elle n'arrive pas à leur en vouloir et les mots qui sortent de sa bouche sont exactement ceux qui conviennent car elle connaît toutes les règles, les règles visibles, les règles cachées, et elle les met en œuvre sans effort, surtout ne pas nier, au contraire, reconnaître que quelque chose ne va pas, en laissant transparaître une émotion réelle mais parfaitement maîtrisée, donner quelques détails intimes significatifs, pas trop, et montrer aussitôt, en entamant une analyse lucide de la situation, de ses causes et de ses remèdes, qu'on dispose de toutes les ressources nécessaires pour la surmonter parce qu'on sait que, convenablement appréhendés, les erreurs et les faux pas mineurs sont une source inépuisable d'enrichissement et d'amélioration. La manager secteur et les deux consultants ont écouté Magali avec beaucoup d'attention et d'empathie, ils lui sourient et elle ne peut pas s'empêcher de les aimer d'un immense amour fraternel, pas seulement en se rappelant qu'elle a déjà dû endosser leur rôle et remettre dans le droit chemin des collègues dont les gaffes vestimentaires ou le manque d'humour posaient problème, mais parce que, en vérité, ils sont bien les organes et la chair périssable du même être supérieur. Ils collaborent ensemble à la perpétuation de son mystère. Les résultats ne lui suffisent pas. Il lui faut encore la substance de leur vie et c'est ce qu'ils lui consacrent en offrande.

En licence, elle voulait se spécialiser en psychologie clinique. Son père avait contacté une de ses connaissances, directeur d'un service psychiatrique fermé qu'il acceptait de faire visiter à Magali. Tu pourras te faire une idée, lui avait-il dit, et elle l'avait remercié avec enthousiasme. En arrivant à l'hôpital, elle était pleine de bonne volonté et de curiosité. Elle n'avait pratiquement pas dormi de la nuit mais elle se sentait en éveil. Le médecin l'avait accueillie chaleureusement, il lui avait offert un café dans son bureau et elle l'avait suivie, en prenant l'air professionnel et appliqué qui lui semblait convenir à la blouse blanche qu'elle venait de passer. Ils avaient traversé une cour assez gaie et fleurie et Magali regardait les patients et essayait de leur attribuer une place dans son manuel de nosographie psychiatrique. Ici, c'est le service ouvert, avait dit le médecin. Voilà, nous y sommes, et il avait ouvert avec une clé sécurisée une lourde porte de métal et, dès qu'elle l'avait passée, sa visite avait viré au cauchemar. Ils avaient d'abord été voir un jeune homme que la police venait d'amener, son visage était tuméfié, sa bouche saignait, des médecins lui posaient des questions et notaient ses réponses sur des fiches, entendez-vous des voix quand vous êtes seul dans une pièce ? et il répondait non, qu'est-ce que vous m'avez donné ? je me sens si fatigué, et Magali avait essayé de contenir la montée de son malaise, elle essayait de sourire quand les infirmiers faisaient mine de l'enfermer dans une pièce en se faisant des clins d'œil, espèce de sales connards, mais elle souriait, et elle devait se raisonner pour ne pas s'accrocher au bras du médecin en traversant le réfectoire où des êtres maigres erraient en traînant des pieds dans un brouillard de psychotropes et d'abandon et ils entrèrent dans une autre chambre où les attendait une jeune fille de l'âge de Magali, recroquevillée sur son lit défait, comment ça va, aujourd'hui ? et la jeune fille avait répondu, oh ! je vais bien mieux, je vais très bien et elle les avait regardés en souriant et, du bout des doigts, elle avait effleuré ses paupières d'où de grosses larmes coulaient sur son sourire effrayant. Le médecin lui avait posé des questions mais elle avait refusé d'y répondre, elle secouait la tête et répétait d'un ton épuisé, mais vous savez bien, vous n'avez qu'à regarder car son esprit était un terrain vague battu par les vents, que rien ne protégeait, et il suffisait d'ouvrir les yeux pour que toutes ses pensées intimes, qui gisaient là, au milieu de charognes d'animaux et de dieux oubliés, s'y dévoilent dans la crudité d'une lumière éblouissante et sale, elle ne voulait pas aller dans le réfectoire, elle avait peur que les autres se promènent en elle et impriment dans son esprit saccagé la souillure de leur mépris, elle les entendait rire quand elle mangeait, ils riaient, ils se moquaient de sa détresse et de l'abondance des sucs digestifs qui suintaient sur sa peau et l'empoisonnaient, il n'y avait plus en elle ni extérieur, ni intérieur, elle était une surface exposée sur laquelle s'étalaient la matière organique de ses désirs, les sécrétions fades de sa terreur, et elle avait honte de sa souffrance, de la férocité de son amour et de la chair à vif de ses souvenirs, elle avait peur du vent qui soufflait sans cesse en rafales sur la désolation du terrain vague et la poursuivait et la plaquait à terre pour la livrer au viol sans répit de regards obscènes et elle ne pouvait se réfugier nulle part, et le médecin disait, ça va aller, n'est-ce pas ? et elle répondait, oui, et puis finalement, non, oh, non, je sais bien que non. Quand le médecin avait proposé à Magali de déjeuner avec elle à la cantine du personnel, elle avait dit qu'elle ne pouvait pas, elle l'avait remercié et elle était partie sans même chercher un prétexte acceptable. Elle avait appelé son père, je ne peux pas faire ça, papa, je ne peux pas, c'est trop de misère, je n'en suis pas du tout capable et elle s'était mise à pleurer au téléphone, il l'avait consolée comme il pouvait, c'était mieux qu'elle s'en rende compte maintenant, c'était beaucoup mieux, il y avait tant d'autres choses à faire et elle avait dit oui en reniflant et elle s'était inscrite en maîtrise de psychologie du travail. Elle avait suivi ses cours avec assiduité et obtenu d'excellents résultats. Elle avait vite compris qu'il ne s'agirait nullement de se hisser jusqu'à la pureté intelligible de la connaissance. Elle apprenait à maîtriser des tests, à dresser des typologies, à établir des tableaux statistiques, à anticiper, à corriger et à contrôler pour atteindre, le plus rapidement et le plus efficacement possible, des objectifs précis, fixés dans le cadre d'un projet d'une ampleur inimaginable, que personne n'arrivait à saisir dans son ensemble, ni même à nommer, et qui étendait sur tous son règne souverain avec d'autant plus d'autorité qu'il n'avait pas été conçu par un esprit humain. En vérité, il n'avait pas été conçu du tout et il vivait de sa vie obscure, et se développait selon sa propre logique autonome, aveugle et implacable. A l'échelle de ce projet, il n'y avait ni maîtres, ni esclaves, ni dirigeants, ni gouvernés, il n'y avait pas d'obstacles, et pas de rébellion, pas d'actions, pas d'initiatives, pas de négation et pas de remède, il n'y avait que le flux d'une force irrésistible qui entraînait tout dans l'extase de son approbation universelle. Magali préparait ses examens avec le sentiment de mener une tâche exaltante et fondamentalement utile et il était juste qu'elle lui permette de gagner correctement sa vie comme c'est aujourd'hui le cas. Dès qu'elle a décroché son poste et qu'elle a été installée dans son appartement, son père est venu la voir. Ils ont mangé au restaurant et il lui a laissé le plaisir de payer le repas. Elle lui a fait découvrir le peu qu'elle connaissait du centre-ville et il l'a longuement interrogée sur son travail et ses perspectives de salaire. Ils sont rentrés prendre un thé chez elle et il lui a dit qu'elle avait du goût. Avant de partir, il l'a serrée dans ses bras et il lui a dit, ma petite fille, je suis si fier, je suis si fier de ce que tu as fait de ta vie. Elle sentait qu'il avait les larmes aux yeux et elle a failli pleurer de joie contre lui. Plus tard, elle a pensé qu'il avait dû préparer cette phrase dès le matin et que, même s'il avait trouvé sa fille en train de faire le trottoir, il aurait eu du mal à s'empêcher de la prononcer. Mais ce n'était pas grave, au contraire, ce n'était pas seulement de la sensiblerie, c'était aussi une preuve d'amour. Il était prêt à être fier d'elle, même si sa vie ne ressemblait pas à ce qu'il avait peut-être rêvé pour elle. Mais elle ne s'aime pas autant qu'il l'aime et elle ne peut plus partager sa fierté.

Elle ne regrette pas de ne pas avoir essayé de surmonter son angoisse pour travailler dans le milieu médical. Elle sait bien que le charme irrésistible des vies qu'on n'a pas eues, c'est qu'elles n'existent pas. Les regrets n'ont aucun sens. Elle n'a renoncé à rien. Elle a simplement ajusté ses choix en fonction de ce qu'elle était et à quoi elle ne pouvait rien. Elle a fait de son mieux. Elle a suivi toutes les règles. Les règles visibles, les règles cachées. Les règles de la réussite professionnelle, les règles de l'épanouissement individuel. Il n'est pas possible de désigner un coupable. Les choses tournent mal. Car les hommes ont besoin, pour vivre, de quelque chose de plus grand qu'eux et, en désignant ce qui est grand, ils ne donnent que leur propre mesure. Depuis quelque temps, le matin, en se préparant, avec la radio ou la télé allumées, elle se demande d'où lui viendra aujourd'hui sa première leçon de morale et qui, le premier, entreprendra de lui expliquer ce qu'est la vie, et comment il convient de la vivre, ce sera peut-être son manager régional, ou le présentateur météo, ou un ministre, ou son voisin de palier, à moins que ce ne soit elle qui s'érige spontanément, sans même y penser, en directeur de conscience de Dieu sait qui et, pendant une minute, elle ne peut plus le supporter. Mais c'est la substance de sa propre vie qu'il faut consacrer en offrande, il n'y a aucune limite, il faut continuer et elle ira travailler, elle effacera les nouveaux messages de Nicolas Rummelhart, elle affichera une bonne humeur exquise et un esprit d'équipe exemplaire dont la manager secteur la remerciera en multipliant les marques d'affection, et elle rentrera chez elle, le week-end, elle dînera avec ses collègues, au restaurant ou chez l'un d'eux, ou elle les invitera chez elle et c'est elle qui préparera le repas, ils passeront encore la soirée en boîte de nuit, ils riront des mêmes choses et planifieront les mêmes voyages originaux loin des mêmes foules qu'ils méprisent pareillement et ils se surveilleront, se corrigeront et fouilleront sans répit leur propre chair jusqu'à ce qu'ils en aient extirpé la dernière parcelle d'individualité pour la jeter sur la pierre du sacrifice. Ils ne sont déjà plus des individus, ils sont les organes provisoires d'un être supérieur, Magali ne l'oublie pas, et ils ne seront jamais rien d'autre, même s'ils essaient de s'échapper, car un organe coupé est un déchet, pas un individu. Pourtant, ils essaient tous désespérément d'exister et d'être reconnus, et d'être uniques, ils ont leur page personnelle sur Internet, ils y publient leurs photos, ils y expriment leurs opinions, ils y dressent la liste de leurs goûts, de leurs attentes et de leurs centres d'intérêt, comme autant de preuves tangibles de leur existence, et ils ne parviennent qu'à bâtir un temple vide dédié au culte d'un fantôme. Depuis son retour de Paris, Magali n'a plus touché à sa propre page. Peut-être le souvenir de la jeune fille de l'hôpital l'en empêche-t-il. Peut-être ne peut-elle pas se résoudre à finir d'abattre elle-même, et sans l'aide de la schizophrénie, les murs fragiles qui l'abritent encore et empêchent le vent de se mettre à souffler en elle. Mais quelque chose persiste à la fasciner et, le soir, dans sa chambre où brûlent des parfums et de l'encens, elle ne peut pas s'empêcher de dériver souvent sur Internet, elle se laisse porter de profil en profil, elle revient sur le site d'une adolescente qui a mis en ligne des centaines de photos sur lesquelles elle pose, sans jamais sourire, en regardant l'objectif de l'appareil qu'elle tient elle-même au bout de son bras tendu, et il n'y a rien d'autre que ces photos, pas d'avis sur le monde, pas de discussions avec quiconque, pas de messages, pas même de légendes, rien, et les innombrables visiteurs du site y laissent des commentaires d'une cruauté inouïe, et des injures, parce qu'ils ne peuvent pas supporter le miroir qui leur est tendu, ils ne peuvent pas supporter la clarté de ce qu'ils y contemplent, et Magali se sent triste à mourir, elle s'enfuit pour se reconnaître dans le cursus universitaire de Nicolas Rummelhart, et elle regarde avec curiosité ses photos de vacances, lit les messages d'amitié que lui ont laissés des inconnus et elle a du mal à se détacher de l'écran de son ordinateur qu'elle doit se forcer à éteindre. Elle devrait accepter de parler à Nicolas, elle devrait accepter de le revoir. Si ce n'est pour entamer ce qu'il appelle de manière si exaspérante une histoire, au moins pour se divertir un instant de ce face à face stérile avec son existence. Elle pourrait se réjouir d'être restée si inexplicablement désirable à ses yeux. Elle apprécierait sa délicatesse. Mais de quoi pourrait-il la divertir, finalement ? Elle ne l'a vu que quelques heures et il lui est aussi familier que n'importe quel autre reflet de sa propre vie. Peut-être aurait-elle finalement cédé mais ta lettre a instillé en elle le poison de l'espoir. Elle considère sa vie avec un mélange d'agacement et de perplexité qui la paralyse. Elle est incapable de se réjouir. Elle est incapable de se plaindre. Quand elle est tentée de le faire, des faits incontestables, sa parfaite santé, sa fiche de paie, sa jeunesse, son appartement si joliment décoré, l'amour de son père l'en dissuadent et l'empêchent de croire à la réalité de sa propre détresse. Le monde n'a rien à offrir contre quoi elle pourrait désirer sérieusement échanger tout cela. Les informations lui enseignent quotidiennement ce qu'est véritablement la détresse et comment en jouir, comment en avoir honte. Il y a quelques mois, elle a vu un homme qui venait de se faire arrêter près d'un *checkpoint* avec une ceinture d'explosifs qu'il n'avait pas eu le temps de déclencher, il était entouré d'une foule hurlante qui semblait prête à le lyncher et Magali a d'abord pensé que c'était ce qu'il méritait, mais il pleurait, son visage était couvert de sang, il tendait les mains, il implorait, au nom de Dieu, je vous en prie, en regardant la caméra, la voix tremblante de peur et d'espoir, il disait qu'il était berger, on l'avait forcé, on avait menacé sa famille, mais il n'avait pas pu actionner le détonateur, Dieu lui en était témoin, il n'avait pas pu, parce qu'il était berger, et pas terroriste, au nom de Dieu, et il ouvrait des yeux immenses, les sous-titres ont disparu, le journaliste a repris son commentaire, la caméra a balayé la foule et fait un gros plan sur le *checkpoint* d'où quelques hommes en armes, dont tu étais, regardaient la scène sans bouger et, juste avant d'éteindre la télé parce qu'elle ne pouvait pas en entendre davantage, Magali t'a vu, ses yeux se sont posés sur toi, mais elle ne t'a pas reconnu.

Quand on t'a traduit ce que criait le type au fixeur de l'équipe de télévision, tu as pensé qu'il ne mentait sans doute pas. Il s'était fait repérer dans la longue file d'attente parce qu'il n'arrêtait pas de prier en tremblant et qu'il avait les larmes aux yeux. Des mains l'avaient saisi et frappé au visage. Non, vois-tu, il n'avait pas menti. Il était berger. Il avait eu peur de tuer et peur de mourir. Il n'avait pas eu le choix. Il était sincère. Mais ici ce n'est pas une cour d'école et la sincérité, la pureté de l'intention, l'injustice des circonstances, les tourments de la vie intérieure, la culpabilité et l'innocence n'ont pas la moindre importance. Ce sont des oripeaux dont il faut se dépouiller pour laisser apparaître la pureté des actes. Car, en définitive, seul compte ce que tu fais et, plus encore, ce que tu es. Là est la vérité, simple et éblouissante. Personne ne te demande de la comprendre ou de la justifier. Le reste n'intéresse que le bavardage des petits enfants. C'est ce que savait l'homme qui avait brisé les jambes de son fils et c'est ce qu'il vous avait appris, à son fils et à toi. Cela te semblait alors facile à accepter et tu ne mesurais pas l'ampleur de ton dénuement. Mais je voyais chaque jour passer et t'enlever quelque chose, sans que tu t'en rendes compte, ton âme partait en lambeaux et tu étais déjà si loin de chez toi, si loin que jamais plus tu ne pourrais rentrer. Tu n'en avais même pas envie. Tu venais sans doute d'échapper à la mort et tu ne ressentais rien d'autre qu'un profond bien-être. J'aurais voulu te dire, regarde : Voici ta terre natale, dans la harassante monotonie de la violence, dans la poussière, les coups de feu, les cris et les explosions, dans les rues parsemées de cadavres sans nom ni visage, dans le chaos où l'innocence et la culpabilité s'effacent conformément à la sentence sans appel de l'amour de Dieu. Le matin où la sentence de cet amour vint arracher Ibn Mansûr el-Hallâj à la prison dans laquelle il avait prié si longtemps pour sa venue avant d'être exaucé, comme tu devais l'être aussi, il a marché dans ces mêmes rues, indifférent à la haine de la foule, indifférent aussi à son admiration, et il a levé les yeux vers l'échafaud et récité, *ainsi advient-il de qui s'enivre avec le Dragon l'été*, et la foule s'est tue parce que, du fond de ses ténèbres, jamais elle ne reconnaît la lumière de la vérité. Puis, une voix l'a traité d'apostat. Une voix l'a appelé maître. Le bourreau l'a saisi et lui a dit, Ibn Mansûr, je suis la main par laquelle Dieu te retranche et Hallâj lui a répondu, tu ne sais pas ce que tu dis, Dieu retranche et recueille par la même main, et dans un seul geste, et la caméra s'est éloignée et le berger a hurlé quelque chose dans sa direction en s'accrochant à la veste du fixeur, tandis qu'une dizaine de personnes recommençaient à le frapper. En passant devant vous, le journaliste t'a demandé s'il pouvait t'interviewer. Tu lui as dit non, tu ne peux pas, mais ce que tu peux faire, par contre, c'est aller te faire enculer. La classe, a dit le journaliste en levant le pouce, tu lui as souri et il est parti. Plus loin, le berger hurlait toujours, trois hommes d'une milice de quartier sont arrivés, l'un d'eux lui a mis un coup de crosse sur la tempe et le berger a poussé un cri bref et s'est laissé entraîner sans plus rien dire. Jean-Do a fait une grimace douloureuse, putain, ça va être sa fête. Bien fait pour sa gueule. Tu l'as vu disparaître au coin d'une rue barrée par des blocs de béton vers le silence de son propre échafaud et une voix s'est élevée en suppliant, maître, montre-nous un signe et, sous le fouet, Hallâj a murmuré, tu le vois maintenant. On l'a étendu sur un tapis de cuir et le bourreau lui a coupé la main gauche, puis le pied droit, puis le pied gauche, puis la main droite, les lèvres en prière de Hallâj ont tremblé et, avant qu'on le mette en croix, il a fait ses ablutions dans la sciure et dans le sang, car le sang des martyrs est plus pur que l'eau claire des vastes paradis. Du haut de sa croix, il a encore regardé la foule sur laquelle le soleil se couchait. Il a attendu sous le froid scintillement des étoiles que vienne, au bout de la longue nuit, l'aube de sa libération et, pour toi aussi, l'attente a commencé. Vous vous êtes retrouvés au bar de l'hôtel, l'adjudant Conti et toi, vous n'avez pas commenté les événements de la journée parce que telle était la vie que vous aviez choisie et vous n'aviez pas le droit de refuser ce qu'elle pouvait vous offrir, fût-ce la mort et l'abjection. L'adjudant Conti t'a demandé ce que tu comptais faire des dix jours de congé que tu devais prendre le lendemain. Tu as dit que tu ne voulais pas rentrer au village, que tu en profiterais plutôt pour aller faire un tour en Syrie et, au matin, tu es parti pour Damas avec Jean-Do, qui ne savait plus rien faire d'autre que te suivre, et le Serbe qui, depuis si longtemps, n'avait nulle part où aller. Un décompte avait commencé quelque part mais le temps qui s'écoulait ne pouvait déjà plus être mesuré. Dix jours ont pourtant passé, entre la Syrie et le Liban, dix jours comme une seule longue nuit pendant laquelle, pour la première fois, tu aurais compris ce que pouvait signifier le bonheur, mais malgré cela, quand tu as retrouvé la ville en guerre, ton cœur s'est soulevé d'une joie immense et incompréhensible, comme si tu retrouvais enfin la seule chose que tu aies jamais aimée en ce monde, aimée d'un amour tel qu'il ne t'importait pas de ne recevoir en retour que des flots de haine. Au matin de votre retour, vous étiez tous les trois à votre place, au *checkpoint*, les gens faisaient la queue, tendaient leurs papiers, tu as vu l'adjudant Conti arriver de loin et tu lui as fait un signe de la main, le soleil montait lentement dans le ciel, la dernière parcelle de temps a été comptée, dans un piétinement de sabots, le vizir et sa suite ont aligné leurs chevaux au pied du gibet et, sur la croix, Hallâj a ouvert les yeux. La foule était revenue pour le voir mourir et les témoins ont dit au vizir, pour le bien de l'islam, il est licite de verser le sang de cet homme afin de racheter son blasphème, car nul n'est la vérité que Dieu, et le vizir a demandé d'une voix forte et inquiète, ainsi le commandeur des croyants est innocent de son sang ? et les témoins ont répondu, oui, que le sang retombe sur nos têtes, et moi ? a ajouté le vizir, suis-je innocent du sang de cet homme ? et les témoins ont répondu, oui, nous l'attestons, c'est sur nos têtes que nous appelons le sang. Hallâj a levé les yeux au ciel et il a souri d'un merveilleux sourire et, à deux cents mètres du *checkpoint*, une voiture a explosé. L'adjudant Conti venait de te rejoindre. L'explosion n'avait pas été très forte mais on entendait des hurlements. De la fumée montait vers le ciel blanc et des dizaines de personnes fuyaient la carcasse calcinée comme un vestige maléfique et couraient vers le *checkpoint* pour s'y réfugier. Il y a eu une cohue indescriptible. Jean-Do et le Serbe essayaient de contenir la foule, et tu percevais tant de choses à la fois, et avec tant de précision, que le temps s'est soudainement dilaté, une seule minute aurait suffi à remplir une vie entière, tu étais immobile, tu regardais calmement autour de toi, tu pouvais compter les grains de poussière dansant dans les rayons du soleil, les gouttes de sueur salée qui roulaient sur les peaux brûlantes, chaque visage d'homme, de femme et d'enfant que tu voyais s'imprimait pour toujours dans ta mémoire, un cancrelat courait sur un bidon de tôle, tu as regardé les élytres rougeâtres, les antennes frémissantes que tu n'oublierais plus et tu as croisé le regard d'une femme d'une trentaine d'années, juste derrière Jean-Do, tu as plongé dans ses yeux noirs et tu savais ce qui allait se passer mais tu n'as rien pu faire, tu es resté englué dans l'obscurité de ses yeux noirs, pendant un temps incertain qui n'était déjà plus le temps des hommes, et jamais tu n'as su s'il t'avait été matériellement impossible de réagir parce que tout était allé trop vite ou si tu étais simplement resté pétrifié dans l'exil de ta fascination, jamais tu n'as su si tous ces gens étaient morts par ta faute et tu as cessé de te le demander parce qu'il n'y a pas de coupables, et pas d'innocents, et le vizir a inspiré profondément et fait un signe au bourreau qui a traîné Hallâj sur le tapis de cuir noir de sang séché. Hallâj n'avait pas cessé de sourire et le bourreau a appelé doucement, Ibn Mansûr, mais il était déjà dans le souffle de l'Aimé, rompu sous ses caresses et attentif à recevoir de Lui l'étreinte qui achèverait tout, car ce n'était pas un sabre qui s'abattait maintenant mais un tourbillon d'amour et de pitié, et les yeux de Hallâj se sont emplis d'une nuit effroyable, débordante d'extase et d'abandon, une nuit semblable à celle que tu contemplais dans les yeux morts de cette femme, alors qu'elle s'abandonnait à son tour, en glissant sa longue main pâle sous sa robe pour actionner les explosifs qui entouraient sa taille comme la ceinture d'or d'une jeune mariée au matin lumineux de ses noces. Le ciel est devenu un amoncellement de gravats et de cris et tu t'es rendu compte que tu étais allongé par terre, la joue contre le bitume. Tu as essayé de bouger le bras droit mais tu n'as pas pu, tu as touché ta poitrine et tes membres de ta main gauche qui est devenue toute poisseuse de terre et de sang. Autour de toi, tu ne voyais rien, l'air était saturé de poussières et tu entendais le sifflement strident et continu d'une sirène dont tu t'es demandé un moment d'où elle pouvait bien venir avant de comprendre qu'elle ne hurlait que dans la citadelle de ton esprit. Tu t'es laissé allé contre le sol. Tu as pensé à des choses sans importance. Tu avais l'impression de sourire et tu regardais les poussières et les cendres voler et retomber autour de toi comme des insectes calcinés car, tandis qu'on emportait la tête de Hallâj vers la salle des trésors du palais califal, son corps et ses membres coupés achevaient de brûler sur le bûcher, afin que sa chair blasphématoire ne souille pas le sein béni de la terre, et le bourreau en dispersait les cendres au vent, au-dessus des mains tendues de la foule qui essayait de saisir les reliques du martyr, mais les cendres glissaient entre leurs doigts fébriles et montaient vers le ciel avant de retomber dans les eaux noires du Tigre. Tu as suivi en rêvant leur cheminement erratique et, toi aussi, tu as voulu les effleurer du bout des doigts mais, dans ta tête, la sirène est devenue presque inaudible, le temps a repris son cours normal, tu as entendu le son rauque et animal de ta respiration saccadée, les protestations sourdes de ton cœur en proie à l'agonie, l'air est redevenu transparent et tu as vu le cadavre de l'adjudant Conti allongé contre toi. Tu as entendu des gémissements indistincts qui étaient peut-être les tiens. Tu t'es redressé sur ton coude gauche et tu as vu d'autres corps étendus, entremêlés d'une manière si obscène que tu n'as pas pu t'empêcher de regarder encore. Tu as subitement pensé à Jean-Do et tu as compris qu'il était si près de l'explosion qu'il n'y avait aucune chance qu'il soit encore vivant et tu as regardé de toutes tes forces, en essayant de le reconnaître parmi les morts, mais il n'y avait rien à reconnaître, rien qu'un outrage sans nom, et tu t'es laissé aller en arrière. Tu as pensé que personne ne porterait son deuil. Tu as fermé les yeux sur ta nausée et quand tu les as rouverts tu étais dans un lit d'hôpital. Une infirmière était à ton chevet et t'a dit d'une voix sévère que, bientôt, tu rentrerais chez toi. Elle ne savait pas que c'était devenu impossible. Elle ne savait pas qu'elle était en train de te mentir. Elle réservait sa compassion à d'autres que toi. Le spectacle de ta souffrance lui soulevait le cœur et elle ne s'en cachait pas. Elle t'en voulait d'être encore vivant parce que, toi, tu n'étais pas un innocent. Mais il n'y a pas d'innocents, et pas de coupables. Chaque vie humaine est renvoyée à son insignifiance sous l'étreinte sanglante de Dieu, la vie des vainqueurs comme celle des vaincus.

Tu as passé des jours dans la torpeur de la morphine qui t'arrachait à ta douleur. Tu faisais des rêves compliqués qui te ramenaient dans l'ombre de l'église du village où tu t'agenouillais sans parvenir à implorer le pardon pour ce dont tu avais été témoin, pour l'obscénité de ton regard avide. Tu suivais des yeux le cancrelat qui courait maintenant sur les dunes d'un désert immense et les traces de ses pas minuscules s'imprimaient pour toujours dans le sable, comme les lettres d'un alphabet sacré que personne ne pouvait déchiffrer, tu le sentais courir sur tes draps et sur ta peau et s'insinuer dans tes narines et tu te réveillais en sursaut pour quelques instants avant qu'un autre rêve ne s'empare de toi. Tu étais parfois un petit enfant. Tu étais parfois un cadavre. Le tien. Celui de ton ami d'enfance. Nulle voix familière ne faisait entendre ses reproches et tes remords ne signifiaient rien. Il te semblait parfois qu'une révélation essentielle te frôlait comme l'aile tiède d'un oiseau avant de disparaître dans l'oubli. Et, bien que tu n'en aies aucun souvenir, peut-être est-ce à travers la douceur de ces limbes que tu es retourné pour la première fois sous les hautes arches de la fontaine de ton adolescence, près du soupir de Magali, à l'abri, dans le refuge de sa présence, sans emphase, sans mensonge, comme si les choses importantes ne pouvaient être saisies qu'à une certaine distance et que tu ne pouvais en être réellement proche qu'au terme des chemins infinis de l'éloignement, quand tout le reste était perdu. Et si tel est le cas, comme je te l'affirme maintenant, il faut croire que ta lettre attendait ton retour depuis toujours pour pouvoir être enfin écrite, même hâtivement, même mal, c'est sans importance, car Magali l'a conservée patiemment auprès d'elle, en attendant qu'apparaisse, à travers tes mots et malgré eux, l'essentiel de ce que tu n'as pas su dire et qu'elle vient d'apercevoir. Il est tard dans la soirée. Elle s'est astreinte à ne pas s'approcher de son ordinateur. Elle a laissé la télé éteinte. Elle s'est installée dans le salon pour lire un roman mais ses yeux glissent sur des mots qui retombent sans vie sur les pages, elle doit constamment revenir en arrière pour reprendre le fil de sa lecture qu'elle recommence presque aussitôt à perdre. Peut-être suis-je trop fatiguée, pense-t-elle. Peut-être suis-je enfermée dans une vie si minuscule que toutes les issues par lesquelles je pourrais m'échapper de moi-même sont maintenant murées. Elle pose le roman. Elle a constamment le sentiment qu'elle aurait quelque chose d'urgent à faire, dont elle ne cesse de se détourner, même si elle ne sait pas du tout quelle peut être cette chose. Plus elle essaie de la saisir, plus elle lui échappe. Il ne s'agit peut-être pas d'un acte, c'est peut-être une simple pensée qu'il lui faudrait accueillir, ou une question qu'elle devrait se poser avant que les mécanismes obscurs qui régissent son existence aient répondu à sa place et la réduisent définitivement au silence. Elle ne sait pas ce que c'est mais elle sait qu'il n'est pas trop tard car, à cause de toi, elle sent le poison de l'espoir circuler dans ses veines douloureuses. Elle reprend ta lettre. Le papier de mauvaise qualité commence à se déchirer là où il a été plié. Magali voudrait arrêter de la relire pour rien, sa patience s'épuise, elle voudrait pouvoir finalement décider de ce qu'est cette lettre, le signe d'une nostalgie puérile qui ne la concerne en rien ou une brèche miraculeusement ouverte dans les murs de sa vie. Elle la relit encore et ce soir, vois-tu, tes mots gonflent et se craquellent comme la terre féconde d'un jardin, ils débordent de toute la vérité que tu aurais voulu y mettre, qui t'a échappé et qui les fait maintenant éclater et elle lit, elle lit d'abord son prénom, Magali, Magali, et elle pourrait presque entendre ta voix qui l'appelle depuis les ruelles nocturnes du village de sa mère, il y fait si froid et tu n'as pour te réchauffer que l'amitié muette d'un chien et le souvenir d'une toute jeune fille dans laquelle elle se reconnaît avec émotion, car il existe maintenant une image d'elle-même dans laquelle elle peut se reconnaître avec émotion, une image bénie qui t'attendait pour apparaître, et elle lit que les mondes meurent aussi comme votre monde commun est en train de mourir, tu en es certain, car tu as senti les soubresauts obscènes de son agonie voluptueuse, et elle te croit, même si elle ne comprend pas comment vous pourriez avoir un monde en commun, et elle lit que votre village annonce cette mort depuis si longtemps que plus personne ne se rappelle à quel moment ses maisons sont devenues des tombeaux, dressés dans le silence de leur beauté austère et maléfique, et Magali revoit les maisons du village dans la transparence de l'été, pleines de rires éphémères, tous les hivers qu'elle n'a pas connus lui livrent leur secret humide et froid et elle sait que tu ne lui mens pas, elle mesure combien il est difficile de s'acquitter du prix exorbitant de la beauté et elle sent passer dans son cœur le frisson d'une aurore de brume glaciale. Mais au beau milieu des cimetières, lit-elle encore, certaines choses demeurent vivantes à jamais et continuent à exister quand meurent les hommes et les mondes qui les ont fait naître, elles continuent à exister, obscures et indestructibles, blotties dans les tremblements fragiles de l'air, comme des parcelles infimes de réalité dispersées dans l'immensité d'un songe. Quelque chose d'elle est ainsi resté près de la fontaine et ne mourra pas, même si elle l'a oublié, même si elle n'y pense jamais, tu lui jures que c'est vrai, tu as vu cette chose, elle était si proche qu'il t'aurait peut-être suffi de tendre la main pour pouvoir l'effleurer, mais tu ne l'as pas fait, parce que tu as eu peur d'effleurer l'éternité, tu as préféré écrire à Magali en espérant qu'elle n'aurait pas oublié, a-t-elle oublié ? et elle essaie de se rappeler les moments qu'elle passait près de toi en rentrant de la plage, avec la peur d'être en retard pour dîner, ou que quelqu'un vous surprenne, ou que ses baisers ne soient trop maladroits. Mais elle lit qu'elle était une déesse qui t'aurait fait don de la perfection de sa chair en acceptant la caresse de ta main, une déesse antique échappée d'un autre monde disparu où les dieux condescendaient parfois à s'unir aux mortels et imprimaient en eux la marque indélébile de leur redoutable étreinte, et elle te croit encore quand tu lui écris que tu as toujours porté sa marque et qu'elle t'a suivi partout où tu as été sous le règne du Dieu unique, dont l'étreinte est infiniment plus terrifiante que celle des dieux défunts, car il est le Dieu des armées, le Dieu des blattes et des rats, qui rassemble les oiseaux morts et les enfants aux membres brisés dans le mystère de son unité. Rien de ce que tu as vu n'a pu t'arracher à Magali, lit-elle avec gratitude car elle ne sait pas que tu as commencé à mentir, pas plus que tu ne le sais toi-même, elle s'évade loin des bureaux oppressants, loin de l'affiche placardée sur le mur de la salle de réunion, proclamant *life is competition*, en énormes capitales de couleur, afin que nul n'échappe aux vérités infâmes, et elle est heureuse que tu l'aides à se détourner enfin de tout ce qui l'écœure. Peut-être serait-elle écœurée bien davantage si elle pouvait comprendre tout ce que tu essaies d'évoquer pour elle mais elle relit encore, en respirant avec volupté, non, rien n'a pu t'arracher à elle et, si tu as été transformé de fond en comble, au-delà de ce que tu peux lui expliquer, elle est la part de toi-même qui est restée intacte. Peut-être la seule.

Quand tu regardes ta mère, as-tu encore écrit, tu la reconnais parfaitement mais ce n'est plus ta mère, comme si tu avais été engendré une nouvelle fois. Si tu lèves les yeux vers le ciel étoilé, tu reconnais les étoiles de ton enfance mais c'est comme si elles avaient subi un décalage infime qui les rendait définitivement étrangères. Tout est là, et tout est perdu. Tu ne savais pas qu'on pouvait perdre son chez-soi comme on perd un objet. Entre toi et ce qui fut ta demeure, il y a une fine vitre infranchissable derrière laquelle on t'a exilé et tu as écrit à Magali qu'elle est la seule que tu peux, et que tu veux, rejoindre. Tout est clair pour toi. C'est ce que tu as écrit. Tu as été condamné à la contemplation. Tu sais maintenant discerner ce qui était autrefois invisible à tes yeux. Car, en te chassant du monde, on t'a guéri de la frustration et de la colère qui brouillaient ton regard et tes yeux se sont ouverts. Mais tu n'as pas parlé de cette colère dans ta lettre à Magali. A l'issue de ton service militaire, tu avais essayé de t'engager et l'armée n'avait pas voulu de toi. Le jour où tu as dû quitter Djibouti, l'adjudant Conti est entré dans la chambrée au moment où tu bouclais ton paquetage. Il s'est assis sur un lit près de toi. Ne sois pas déçu. Tu n'as rien à attendre de l'armée, de toute façon, tu as bien dû t'en apercevoir, non ? Tu as hoché tristement la tête. Ne sois pas déçu, a-t-il répété. Tu ne perds rien et, moi, je ne t'oublierai pas. Tu l'as regardé sans rien dire et il t'a expliqué qu'il allait prendre sa retraite dans une dizaine de mois et qu'il avait des projets. Il t'a parlé d'entreprises qui s'occupaient de sécurité dans les zones de conflit et qui proposaient des emplois bien plus intéressants que tout ce qu'on pouvait espérer obtenir au sein d'une armée qui s'était presque totalement transformée en un ramassis de fonctionnaires et qui n'en finirait plus de décliner. Bientôt, les guerres redeviendraient des affaires privées, comme elles l'avaient déjà été dans l'histoire de l'humanité. Il t'a demandé de lui laisser tes coordonnées et il t'a promis que, dès qu'il aurait trouvé quelque chose, il t'appellerait. Tu as encore hoché la tête. Je te le promets, a-t-il insisté et tu as compris que tu n'avais pas le droit de douter de sa parole parce que tu étais l'un des siens et qu'il t'avait reconnu dès le premier jour. Tu aurais voulu lui dire combien tu lui étais reconnaissant mais tu n'as pas pu et tu t'es éloigné de lui en silence, en essayant de penser que, malgré toutes les promesses qui n'avaient pas été tenues, il existait encore quelque chose en quoi tu pouvais placer ta foi. Tu es arrivé au village juste à temps pour voir s'effondrer les tours de Manhattan, tu as vu des centaines de fois les avions s'écraser contre elles et s'y dissoudre et tu ne parvenais pas à te lasser des images que les télés passaient en boucle comme si elles véhiculaient un message qu'on ne pouvait espérer saisir qu'au terme d'un infini bégaiement, mais tu avais beau regarder, tu ne pouvais pas suivre les chemins innombrables, immenses ou minuscules, qui couraient comme des fissures depuis le point d'impact et dont l'un menait jusqu'au corps de Jean-Do, gisant à quelques mètres de toi, sur la terre étrangère où tu allais bientôt le convaincre de te suivre. En attendant, il te demandait de lui raconter l'Afrique mais tu n'avais rien à lui dire. Tu regardais les soldats partir pour l'Afghanistan et tu étouffais de colère, tu pensais que, peut-être, si tu avais différé ton service militaire de quelques mois, tu aurais eu une chance de partir avec eux. Tu savais bien que ce n'était pas vrai, mais tu ne pouvais pas te raisonner, tu pensais que, de toute façon, tu n'aurais jamais la réponse, n'importe quelle infime possibilité suffisait à nourrir indéfiniment tes rancœurs, et tu en voulais à tes parents d'être ce qu'ils avaient toujours été, tu en voulais à tes montagnes natales de n'être pas les hauts plateaux de l'Asie et tu t'en voulais à toi-même d'être né sous un ciel sans avenir qui ne t'avait pas offert d'autre tragédie que de devoir vivre la vie de quelqu'un que tu méprisais. Tu as essayé de participer à quelques battues au sanglier, mais tu ne supportais pas la clarté froide du petit jour, les aboiements, l'attente interminable à un poste qui sentait la terre mouillée, tu ne supportais pas les plaisanteries des chasseurs du village qui buvaient des pastis en riant, sous le froid soleil de midi, autour de l'alignement des carcasses rigides dont les chiens léchaient les viscères en gémissant et, plusieurs fois, ton père a dû intervenir avant qu'une dispute qu'avait provoquée ta mauvaise humeur ne dégénère. Tu ferais bien de te calmer un peu, si tu veux revenir avec nous. Tu lui avais répondu que tu préférais ne plus venir et tu t'étais finalement retrouvé à guetter les merles, le soir, seul dans l'oliveraie. Tu ne regardais plus les informations à la télé. La colère te faisait physiquement souffrir. Tu devenais mutique et seul Jean-Do semblait ne pas s'en apercevoir. Il avait acheté un dictaphone et il t'a fait écouter un message qu'il avait enregistré plusieurs fois, en variant le ton, vous ne reverrez votre fille vivante que si vous nous donnez deux millions de francs, en petites coupures. Il te demandait lequel faisait le plus professionnel. Il te demandait combien feraient deux millions de francs en euros. Son projet était d'enlever la fille d'une des nombreuses vedettes du show-business qui avaient fait construire leur villa en bord de mer, pas une petite fille, non, plutôt une fille de votre âge, il ne voulait pas s'encombrer d'une gamine qu'il ne saurait pas comment occuper et qui passerait toutes ses journées à pleurnicher. Il ne savait pas vraiment quelle vedette avait une fille, ni comment il pourrait l'enlever mais il avait prévu tout le reste, l'envoi de ses exigences sur une minicassette pour ne pas se faire repérer au téléphone, un moyen infaillible de récupérer la rançon sans se faire serrer par les flics, l'endroit où il séquestrerait la fille, comment il la rassurerait en lui expliquant qu'il ne lui ferait de mal pour rien au monde et qu'il ne mettrait jamais sa menace à exécution, même si ça tournait mal, et il imaginait qu'elle serait séduite par sa conduite chevaleresque, qu'elle se confierait à lui, qu'elle lui dirait que son père, un chanteur ou un acteur célèbre, était bien le sale connard qu'il avait l'air d'être à la télé et qu'elle avait toujours été malheureuse avec lui, si bien qu'elle tomberait folle amoureuse de Jean-Do et qu'il la baiserait dans sa planque avant de partir vivre avec elle une vie de nabab, grâce au fric de l'enfoiré de chanteur, et il riait, il disait d'une voix terrifiante, vous voulez revoir votre fille ? il voulait que tu trouves ses idées géniales et tu te rappelles combien il était vivant.

Dix mois ont passé et tu as commencé à guetter la sonnerie du téléphone mais l'adjudant Conti n'a pas appelé. Quand tu as fini par te persuader qu'il n'appellerait jamais, il t'a semblé perdre le dernier de tes espoirs, mais ta colère ne s'est pourtant pas apaisée, comme il advient normalement de toute colère quand l'espoir a disparu. Tu as maudit ta propension à la confiance et à l'admiration, tu as regardé autour de toi et tu n'as rien vu d'autre que la nécessité de vivre ici pour toujours, il n'y avait plus rien à faire contre cette sentence, mais tu ne pouvais pas te résigner. Au début de l'été, Jean-Do t'a proposé de travailler avec lui à la boîte de nuit qui l'employait comme videur pendant la saison et tu as dit oui. Vous vous êtes retrouvés tous les deux en costume sombre, à ouvrir et à fermer une lourde porte de fer pour laisser passer au compte-gouttes une foule de jeunes gens surexcités. De temps en temps, il fallait faire un tour sur le parking pour vérifier que tout se passait bien. C'était un travail profondément ennuyeux. A l'aube, tu espérais toujours qu'une dispute éclate entre clients qui regagnaient leur voiture, mais ça n'arrivait pas assez souvent. Tu comptais les heures pendant que la sono faisait vibrer les murs derrière toi. Tu lisais sur le visage des clients l'expression d'une joie ostentatoire qui t'emplissait de haine et d'envie. Un soir, Jean-Do t'a fait signe de le rejoindre dans une allée du parking. Il avait suivi un type qui n'arrêtait pas de faire des allers-retours entre la boîte et sa voiture, chaque fois en compagnie de touristes ou de jeunes du coin, et il l'avait surpris au moment où il ouvrait une glacière pleine d'ecstasy. Le dealer vous regardait d'un air suppliant. Déconnez pas, les gars, surtout, déconnez pas. Dites rien. Il a cherché en vain à se découvrir un lien de parenté avec l'un d'entre vous, ou des amis communs, mais il n'a rien trouvé et il a dû en appeler à votre indulgence. Et si on te prenait toutes tes merdes ? a demandé Jean-Do. Oh non ! Putain, non ! Faites pas ça. Ecoutez, je me casse et je reviendrai plus, d'accord ? Ou alors, vous me laissez revenir et je vous en donne autant que vous voulez, ça vous dit ? Tu as dit non. Jean-Do a dit, faut voir, qu'est-ce qu'elle vaut ta came ? Le dealer a retrouvé une contenance et a commencé à vanter la qualité de sa marchandise, il a fait remarquer que la glacière était un gage incontestable de son sérieux et Jean-Do t'a dit que ça ne pourrait pas te faire de mal de te détendre un peu et vous avez pris un cachet chacun. Vous allez m'en dire des nouvelles, les mecs, je vous jure ! a assuré le dealer. J'espère pour toi, a répondu Jean-Do. Et sois un peu plus discret. Tu as pensé que tu ne pouvais pas refuser une occasion de te libérer de toi-même, fût-ce pour un instant, mais tu n'as pas été libéré, au contraire, les pulsations brutales de ton cœur t'ont donné la nausée et tu t'es retrouvé enchaîné dans le réseau incroyablement sensible de tes nerfs à vif comme par des milliers d'entraves invisibles, tes mâchoires se sont verrouillées dans la grimace d'un sourire de cadavre et tu as été pris au piège de ton propre centre de gravité. Tu étais une étoile qui enflait monstrueusement avant de s'écrouler sur elle-même mais tu ne t'écroulais pas, tu sentais le battement affolé de tes paupières, tu te glissais à l'aube sous des draps dont le contact écorchait ta peau et tu restais des heures à l'affût dans les brumes de l'épuisement avant de glisser dans un sommeil qui ne t'apportait pas le repos. Des rêves dont tu ne te souvenais pas gâchaient tes journées caniculaires jusqu'à ce que le dealer te donne un ou deux cachets sur le parking de la boîte. Il vous traitait comme des amis, il vous tapait dans le dos en riant et tu avais envie de le massacrer. Dans la journée, le soleil te faisait mal aux yeux, et chaque chose que tu voyais renforçait ta fureur, les nids-de-poule sur la route du village, les filles en maillot de bain, les voitures des touristes qui roulaient avec une lenteur exaspérante, l'impénétrable bleu du ciel. Un jour, après avoir klaxonné en vain pour que la voiture qui te précédait te laisse passer, tu l'as doublée en plein virage et bloquée contre le bas-côté. Tu t'es précipité vers le conducteur et tu l'as saisi à la gorge. Tu ne te rappelles plus son visage mais tu revois son épouse, assise près de lui, les cuisses nues rougies par le soleil, un peu de sable collé sur sa peau, tu revois ses yeux apeurés et ceux des enfants silencieux recroquevillés sur la banquette arrière. Tu as lâché le type. Tu es retourné t'asseoir derrière ton volant et tes mains tremblaient. Il fallait que tu trouves quoi faire de ta colère. Tu regrettais que des inhibitions obscures dont tu ne comprenais plus le sens t'aient empêché de frapper ce salaud qui croyait que le monde entier devait adopter le rythme de ses vacances et tu as imaginé son visage tuméfié et les hurlements de sa femme, et de ses abrutis de gosse, et tu as failli pleurer. Tu t'es senti souillé toute la journée par des pensées abjectes et délicieuses que l'ecstasy n'a pas pu rendre inoffensives et, vers une heure du matin, tu as mis un coup de poing à un jeune homme qui te demandait pourquoi tu refusais de le laisser entrer. Il était là, dans la file d'attente, avec une fille rigolarde qu'il embrassait dans le cou et, quand il est arrivé à ta hauteur, tu lui as dit, non, toi, tu ne rentres pas. Quand il a été par terre, tu lui as donné des coups de pied, il rampait pour t'échapper, tu avais l'impression que quelque chose venait de se dénouer au fond de ton ventre et tu essayais de lui écraser les mains, tu ne pouvais pas t'arrêter de sourire, tu sentais vibrer tes dents et tes os et tu as fini par te laisser aller contre Jean-Do qui te criait d'arrêter. Vers deux heures du matin, le dealer est venu vous apporter deux autres cachets et, à l'aube, alors que tu te dirigeais vers ta voiture avec Jean-Do, tu as vu une fille assise en tailleur au milieu du parking vide, les yeux perdus vers le soleil levant. L'humidité était terrible et tu voyais qu'elle tremblait de froid. Quand vous vous êtes approchés d'elle et qu'elle vous a regardés, tu as vu le gouffre de ses pupilles et, sur son visage, un sourire identique aux vôtres. Qu'est-ce que tu attends ? Où tu vas ? Elle a répondu qu'elle n'attendait rien et qu'elle irait où vous voudriez bien l'emmener. Plus tard, tu as regardé son corps onduler sur celui de Jean-Do, s'entortiller dans des draps gorgés de sueur brûlante et acide, mais tu ne voyais rien, tu étais plus proche des putains éthiopiennes que tu avais quittées un an auparavant que de cette fille inconnue qui se tournait vers toi pour te prendre dans ses bras, tu sentais ses ongles dans ta chair et la colère ne te faisait grâce de rien, tu avais envie de lui faire du mal, tu voyais le visage hilare de Jean-Do à quelques centimètres du tien, il faisait une chaleur horrible, tes narines étaient pleines d'une puanteur d'animal en rut alors qu'il n'y avait rien d'autre dans la chambre que les soubresauts de machines emballées, tu entendais grincer les rouages survoltés de ton corps sans âme et tu espérais que tu finirais bientôt par te disloquer complètement, mais tu t'es endormi sans savoir comment et, au réveil, vous étiez encore étendus tous les trois, indifférents à la sollicitude ou à l'absence de Dieu. La fille s'est rhabillée et vous a demandé de la ramener en ville. Jean-Do a fait un vague signe de la main. Je suis explosé. Fais du stop. Démerde-toi. Elle est sortie sans rien dire. Tu l'as rattrapée au bord de la route, à la sortie du village. Quand tu l'as déposée en ville, elle t'a embrassé sur la joue et elle est partie. Sous la douche, tu as reniflé ta peau, tu as cherché à y retrouver l'odeur de tes parents et tu as eu l'impression de commencer à la sentir. Tu as fait couler l'eau plus fort. Le soir, tu as attendu qu'apparaisse dans la file d'attente le visage inconnu de celui qui allait te permettre d'évacuer ta rage et, quand tu l'eus repéré, tu as attendu patiemment qu'il arrive à ta hauteur pour lancer ton poing avec une violence démesurée qui n'exprimait pourtant qu'une part infime de ce qui se consumait en toi, et tu as recommencé le lendemain soir, et le surlendemain, parce que le soulagement éphémère que tu te procurais ainsi était aussitôt corrompu par la pitié et les remords qui ne te laissaient pas d'autre choix que de recommencer.

Le patron de la boîte t'a convoqué en fin d'après-midi. Il t'a reçu dans son bureau avec deux autres hommes au crâne rasé qui ne te dirent pas bonjour. Qu'est-ce qui t'arrive ? Je te paie pas pour foutre la merde, je te paie pour qu'il n'y ait pas la merde. C'est quelque chose que tu peux comprendre ? Tu vas t'arrêter de déconner ? Tu l'as regardé et tu savais qu'il attendait tes excuses et l'assurance que tu allais te ressaisir mais c'était au-dessus de tes forces. Tu te sentais épuisé. Tu as poussé un soupir. Nous sommes tous des putes. Nous faisons un métier de pute. Un des crânes rasés a fait un mouvement vers toi et le patron l'a arrêté d'un geste. Tu me traites de pute ? Et tu tabasses les clients pour montrer que t'es pas une pute ? C'est ça ? Tu as haussé les épaules. C'est ce que tu veux que ce soit. Il a frotté longuement ses mains l'une contre l'autre. Si je ne te connaissais pas depuis que tu es tout petit, si je ne connaissais pas tes parents, je te garantis que je t'apprendrais à vivre. Ça ne se passerait pas comme ça. Mais, là, tu vas simplement dégager, rentrer chez toi et ne plus jamais remettre les pieds ici. Tu lui as souri. Je t'emmerde. Je n'ai pas besoin de tes faveurs de pute. Il a hurlé, foutez-moi ce petit con dehors ! et les crânes rasés t'ont jeté à plat ventre sur la terre du parking. L'été s'achevait. Jean-Do a continué à récupérer des cachets d'ecstasy pour toi. Tu as traîné ton épuisement entre le village et le bord de mer. Ton champ de vision se déformait. Tu étais d'une maigreur épouvantable. En septembre, tu es allé au cinéma et tu as pris un cachet une demi-heure avant le début de la séance en espérant que la montée te clouerait dans ton fauteuil. Tu as regardé la jungle brûler pendant que Martin Sheen fumait une cigarette et tu as remonté le fleuve à ses côtés jusqu'à ce qu'il s'estompe et disparaisse pour te laisser prendre sa place. C'était à toi qu'Aurore Clément tendait une pipe d'opium en te caressant la joue, et c'était à toi qu'elle parlait de son mari défunt et des incurables blessures de son cœur, c'était à toi qu'elle confiait qu'il ne savait plus s'il était un animal ou un dieu et tu as ouvert des yeux immenses quand elle s'est penchée vers toi pour te confier, mais vous êtes les deux, capitaine, vous êtes les deux, et tu as tendu les doigts pour toucher ses seins à travers les voiles transparents et tu t'es retrouvé, seul et halluciné, dans les rues où passaient encore quelques touristes, avec ta colère intacte au milieu des débris de toutes les promesses trahies. Tu as attendu toute la nuit au village que Jean-Do rentre du travail. Quand il est arrivé, tu étais assis par terre devant chez lui, il est venu vers toi en souriant et tu t'es mis à pleurer sans tristesse, sans raison, comme si ton corps revendiquait une existence autonome et refusait de rendre compte de son fonctionnement. Jean-Do s'est assis près de toi et il a mis sa main sur ton épaule. Bon, il faut qu'on arrête nos conneries, tu crois pas ? Tu as fait un signe de tête pour dire que tu étais d'accord parce que tu ne pouvais pas t'arrêter de pleurer. Tu t'es enfoncé dans l'hiver et tu t'es souvenu de Dieu, tu l'as prié de t'accorder le renoncement mais il ne t'a pas exaucé. Jean-Do échafaudait des dizaines de projets criminels ou fantastiques sans jamais éprouver le besoin de les mettre en œuvre. Il enchaînait les emplois précaires, aidait son père à cultiver son jardin ou à égorger des cochons, et rien n'entamait son insouciance. Tu le regardais avec envie. Tu commençais à t'étonner qu'il soit possible d'être si longtemps torturé par l'espoir sans que rien ne change quand, au début de l'été suivant, ta mère t'a tendu le combiné du téléphone. C'est pour toi. En entendant la voix de l'adjudant Conti, tu as juste eu le temps de mesurer ce qu'avaient été les mois que tu venais de vivre et, en une seconde, ils ont été purement et simplement effacés. Tu t'es appuyé contre le mur et tu lui as dit, je savais que vous appelleriez. Quand il a parlé, ses mots ont exactement été ceux que tu avais rêvés. L'offrande miraculeuse du chaos. Protection rapprochée de diplomates, d'industriels, d'hommes politiques. Sécurité de bâtiments, de quartiers entiers. Tout ce que tu voulais. Très bien payé. Très dangereux. Tu as été enthousiaste, bien sûr. C'est où ? Il a ri. Tu ne regardes jamais les informations ? Non. Est-ce qu'il y aurait du travail pour ton meilleur ami ? L'adjudant Conti t'a demandé s'il avait une expérience militaire. Quand tu as répondu non, il t'a dit que c'était possible mais qu'il lui faudrait se contenter des tâches les moins intéressantes, celles qui n'exigeaient aucune compétence particulière. Sans doute à un *checkpoint*. Tu as dit que tu le tiendrais au courant pour ton ami mais qu'il pouvait d'ores et déjà compter sur toi. Quand tu as annoncé la paie à Jean-Do, il a poussé un hurlement d'incrédulité avant de te sauter au cou. Parfois, tu aimerais pouvoir être sûr que tu ne t'es pas contenté de partager sa joie et même si tu te rappelles lui avoir signalé combien c'était dangereux, tu aimerais te revoir en train de lui dire clairement, Jean-Do, nous risquons de mourir, tu comprends, nous risquons de mourir vraiment, mais tu ne revois rien du tout car, si perçant que soit devenu ton regard, certaines choses doivent rester cachées à jamais. Qu'il en soit ainsi, crois-moi. D'ailleurs, la plupart du temps, rien de tout cela ne te concerne. La douleur d'avoir perdu ton ami est posée là, comme un corps matériel que tu peux toucher, examiner, manipuler, et qui ne fait plus partie de toi. Les longs mois exsangues ne te traversent plus, ils passent simplement sous tes yeux. Tu es devenu pur, et toi-même exsangue, et la voix de ta mère annonçant qu'il y a eu un coup de téléphone pour toi vient maintenant abolir une longue attente qui ressemble à celle que tu as déjà connue mais dont le sens a complètement changé. C'est la fille du Russe. Elle veut que tu la rappelles. Elle a laissé un numéro. Il n'y a plus personne pour partager ta joie, mais tu n'as besoin de personne. Après avoir parlé à Magali, tu réserves tes billets de bateau et de train et tu dis à tes parents que tu dois partir, tu ne sais pas combien de temps. Tu fais promettre à ton père de s'occuper du chien et de penser à le caresser. Les caresses gâtent les chiens de sanglier, tu sais. Oui, papa, je sais, mais celui-là ne chassera plus le sanglier, il est à la retraite, alors sois gentil avec lui, s'il te plaît et tu te demandes s'il suivra tes instructions en regardant la mince volute de fumée odorante s'élever au-dessus du bâtonnet d'encens qui se consume sur la table de nuit. Magali est couchée en travers du lit. Elle effleure délicatement ton ventre, ta poitrine et tes épaules du bout de son pied nu. Elle s'agenouille près de toi. Elle caresse ton visage, embrasse tes paupières et se redresse pour te sourire. Elle s'allonge contre toi et vient respirer dans ton cou. C'est samedi, la fin de l'après-midi. Dehors, il fait déjà nuit et une pluie fine s'est mise à tomber sur la ville. Magali se lève et allume son téléphone portable. Elle consulte sa messagerie et raccroche en poussant un soupir agacé. Merde. Tu t'appuies contre l'oreiller et allumes une cigarette. Qu'est-ce qu'il y a ? Elle revient s'asseoir près de toi et t'attire contre sa poitrine. Elle te raconte ce qui s'est passé avec Nicolas Rummelhart, elle te parle des messages incessants et de sa déconcertante incapacité à se débarrasser de lui. Elle parle lentement, en choisissant ses mots et en te regardant dans les yeux. Elle veut que tu saches la vérité. Si c'est par orgueil, ce n'est pas grave, elle veut pouvoir être orgueilleuse avec toi. Elle dit qu'elle l'appellera bientôt pour lui dire de la laisser tranquille, demain, peut-être, mais pas aujourd'hui, elle ne veut pas qu'il fasse partie de cette journée, il n'y a pas de place pour lui. Elle prend ta main et la pose sur son sein. Elle t'embrasse encore et te dit qu'il est temps de vous préparer. Vous devez aller au restaurant avec quelques-uns de ses collègues et finir la soirée dans une boîte de nuit. Quand elle a su que tu allais venir, elle a failli se décommander. Elle pouvait se permettre d'échapper au rituel de ses week-ends. Pour une fois, elle n'aurait plus besoin de mêler sa solitude à d'autres solitudes si semblables à la sienne. Mais c'est pourtant ma vie, a-t-elle pensé, et la perspective de ta venue l'emplissait d'un tel désir candide de vérité qu'elle a jugé indispensable de participer à la soirée avec toi. Ses collègues ignorent tout des étés de son enfance au village et, toi, tu ne sais rien d'eux. Entre vous, il y a un abîme et c'est pour ne pas l'oublier que Magali a décidé de t'emmener avec elle car elle est elle-même cet abîme. Si elle est heureuse de te laisser rejoindre la toute jeune fille de la fontaine, elle veut que ce soit à travers celle qu'elle est devenue aujourd'hui, car c'est à toi qu'il appartient ce soir de consacrer sa cohérence et son unité.

Vous marchez dans la rue, serrés sous un parapluie, le long d'un fleuve dont les eaux boueuses roulent sous des ponts de pierre noircie. Il y a une petite église de briques et, plus loin, sur la place de la Mairie, les lampadaires éclairent tristement le pavé mouillé. C'est vraiment une ville horrible ! dit Magali et elle se met à rire parce qu'elle est heureuse que ça n'ait plus aucune importance. En entrant dans le restaurant, elle aperçoit ses collègues et elle craint un instant que la soirée ne se passe mal. Mais elle a besoin de vérité, elle est pleine d'espoir et de bravoure et elle leur fait un signe de la main énergique. Magali te présente en disant que vous vous connaissez depuis l'enfance, ils te saluent et se mettent à parler de leur travail, des objectifs irréalistes que leur a fixés la direction, d'un consultant qui risque d'être viré s'il ne se ressaisit pas très vite, et Magali est attentive à ce que tu comprennes tout, elle explicite les allusions obscures, raconte entièrement l'épisode dont l'évocation elliptique vient de faire rire tout le monde et elle pose sa main sur la tienne et te jette des regards débordant de prévenance inquiète. Elle essaie de faire glisser la conversation vers le village, elle parle de la maison de sa mère, de la beauté des paysages, elle dit que c'est là que tu as grandi, que tu y es chez toi bien plus qu'elle ne l'a jamais été, et la manager de secteur, qui ne manque jamais une occasion de montrer combien elle est tournée vers l'avenir depuis qu'elle est en instance de divorce et qu'elle s'est mise à sortir tous les week-ends, te demande si tu connais des locations saisonnières intéressantes pour l'été prochain. Ils parlent maintenant de vacances, de plages sur lesquelles le soleil brille en hiver et un collègue de Magali, celui qui persiste à porter des chemises à manches courtes, te demande finalement ce que tu fais dans la vie. Tu dis que tu as travaillé un moment dans la sécurité mais que, ces temps-ci, tu ne fais plus rien.

Il te demande des précisions, que tu lui donnes. Tout le monde t'écoute. Donc, ton boulot, c'était mercenaire, c'est ça ? On peut dire ça ? Tu te ressers du vin. On peut dire ça, oui. Maintenant, ils te posent des questions et Magali est soulagée de voir que tu y réponds volontiers. Tu n'avais pas peur des enlèvements ? Il y a des tas d'enlèvements, là-bas, en ce moment. Tu expliques qu'on n'enlève pas les gens comme toi, qui n'ont aucune valeur et n'intéressent personne. On les tue. Une jeune femme te demande si tu as eu peur de la mort. La manager dit que ça a dû être difficile pour toi et laisse échapper un petit soupir de sympathie. Tu repousses ton assiette à moitié pleine et tu commandes un double whisky. Je buvais déjà avant, ne vous inquiétez pas. Tu leur souris aimablement et ils te rendent ton sourire et Magali comprend subitement en vous voyant qu'ils se situent au plus bas dans ton échelle de valeurs, comme tu es tout en bas de la leur, et que tout le monde, sauf elle, s'en est clairement rendu compte dès le début, mais le ciel ne s'ouvrira pas et aucun archange ne viendra proclamer solennellement laquelle de ces échelles est la bonne au regard des décrets éternels de l'omniscience divine. Il faudrait abréger le repas et partir mais elle n'arrive pas à s'y résoudre parce qu'elle n'a pas encore abandonné l'espoir absurde que les choses s'arrangent d'elles-mêmes. Tu dis que tu n'as pas pensé souvent à la mort et que, quand tu y pensais, tu essayais de te dire que c'était un risque professionnel et tu rajoutes que, pour autant que tu aies pu le constater autour de toi, le risque de mourir était largement compensé par la perspective de tuer, bien plus concrète et excitante, et tu parles de la joie hystérique des soldats américains qui partaient en patrouille, affolés comme des jeunes chiens par l'odeur du sang, sans penser une seconde que c'était peut-être l'odeur de leur propre sang qu'ils respiraient avec volupté et tu dis qu'au bout du compte, après des semaines d'ivresse ou de panique, la mort se donne simplement pour ce qu'elle est, un processus infaillible, fortuit, monotone et infiniment dérisoire. Magali regarde les restes de nourriture dans les assiettes, les dépôts gras sur le bord des verres. Elle prend conscience du silence et de sa nausée. Alors tu crois que la fin d'une vie humaine ça n'a aucune importance ? demande le type aux chemisettes. Tu hausses les épaules. C'est la vérité. Ça n'a aucune importance. Parle pour toi, dit le type sans plus faire d'efforts de politesse, pour toi ou pour les gens avec qui tu faisais du fric sur la misère du monde. Si ça vous fait plaisir de penser que vos vies ne valent rien, c'est peut-être vrai. Mais ne généralise pas. Magali ferme les yeux en rêvant que tu ne vas pas répondre mais elle ne peut que t'entendre répondre, c'est vrai pour tout le monde, y compris pour toi, ta vie ne vaut rien. Pas un clou. Et ton opinion à ce sujet ne vaut pas un clou non plus. A l'autre bout de la table, quelqu'un fait une réflexion sur la politique étrangère américaine et l'avenir de la démocratie et tu vas ouvrir la bouche mais Magali se penche vers toi, je t'en prie, ne dis rien, fais un effort et tu te tais. Bientôt, plus personne ne semble faire attention à toi. Les minutes passent et Magali te regarde te recroqueviller sur ta chaise, la main crispée autour de ton verre de whisky, et elle a l'impression que ton retrait silencieux pèse de plus en plus lourd et contamine de sa pesanteur chacun des propos qui s'échangent autour de toi sur les exigences des recruteurs, les sports d'hiver ou la mondialisation de l'économie. Ton regard est sans expression mais Magali croit y déceler une insupportable ironie. Au moment de quitter le restaurant, Magali dit à ses collègues qu'elle doit passer retirer de l'argent et que vous les rejoindrez en boîte. Elle attend qu'ils soient partis. Tu n'as pas le droit de les mépriser. Tu lui assures que tu ne méprises personne mais elle ne te croit pas, elle dit qu'il n'y a rien de plus facile que de tourner les gens en ridicule mais qu'il est inévitable qu'ils s'attachent à leur travail et le trouvent important, comment vivraient les hommes s'ils étaient incapables d'accorder de l'importance à ce qu'ils font ? comment as-tu vécu toi-même ? et tu lui fais remarquer que c'est un sujet que tu n'as même pas abordé mais elle ne t'écoute pas, je t'ai vu, répète-t-elle, je t'ai vu, et plus elle parle, plus elle est en colère, il faut faire preuve d'un peu de bienveillance, tout le monde a droit à un peu de bienveillance, pas seulement toi, mais les autres aussi, tu ne peux pas dire aux gens que leur vie ne vaut rien, tu ne peux pas juger le monde comme ça et, encore une fois, elle se sent déborder d'un inexplicable amour fraternel pour ses collègues et elle est soudain triste et désabusée parce que tu as rejeté une part d'elle-même. En boîte de nuit, elle essaie de retrouver un peu de sa bonne humeur. La manager lui raconte ce que son mari a encore inventé pour essayer de lui pourrir la vie et elle l'écoute en regardant de temps en temps dans ta direction. Tu bois deux ou trois verres et tu quittes le box. Au bout d'une heure, tu n'es toujours pas revenu. Magali a peur que tu ne sois parti définitivement mais elle voit ta veste posée sur la banquette. Elle fait le tour de la boîte, te cherche au comptoir, sur la piste, aux toilettes. Tu n'es nulle part et elle commence à être vraiment inquiète. Elle finit par aller voir dehors. Il pleut toujours. Tu es assis au bord du trottoir, un verre vide à la main. Tu es trempé. L'eau ruisselle sur ton visage. Magali s'approche de toi. Tu lèves les yeux vers elle. C'est l'autre type que tu aurais dû appeler. Ça aurait posé moins de problèmes. L'autre type, pas moi. Elle pose la main sur ta joue. Non, pas du tout. C'est toi. Je me fous des problèmes que ça pose. Je vais chercher ta veste et on va rentrer. Tu acquiesces. Je voulais que tu saches ce que je fais, qui je suis, c'est tout. J'ai juste été déçue que ça ne se passe pas aussi bien que j'en avais envie. C'est idiot. Excuse-moi. Tu acquiesces encore.

Le lendemain, tu es brûlant de fièvre et tu n'arrêtes pas de trembler. Magali est près de toi et tu serres sa main. Tu passes la journée dans un demi-sommeil et, quand tu en émerges, tu appelles Magali, tu lui demandes de s'approcher, tu cherches encore sa main et tu lui dis des choses incohérentes qu'elle essaie de comprendre, tu lui parles de la chair humaine pétrie comme l'argile et des déserts immenses de l'amour de Dieu, tu ne cesses de demander comment ferait-il ? comment pourrait-il faire ? comment nous dirait-il son amour ? et tu veux que Magali reste avec toi et elle te dit oui. Je ne te laisse pas. Elle embrasse ton front, elle se déshabille et se serre nue contre toi, elle t'entoure de ses bras et de ses jambes et elle t'attire en elle avec ta fièvre et toute l'armée grimaçante de tes démons jusqu'à ce que tu dormes enfin paisiblement. Au matin, tu vas un peu mieux. Elle s'habille pour aller travailler. A ce soir. Tu lui fais signe de s'approcher. Tu la prends dans tes bras, tu lui dis que tu veux encore sentir son souffle dans ton cou et tu la laisses partir. Toute la journée, elle pense à toi. Elle se moque que tu ne t'entendes pas avec ses collègues. La pensée que tu l'attends chez elle fait parfois battre son cœur plus vite et, quand elle rentre, tu es parti et tes affaires ne sont plus là. Elle cherche le mot que tu as dû lui laisser, elle pense qu'un courant d'air l'a sans doute fait s'envoler et elle regarde sous les meubles, elle cherche partout mais il n'y a pas de mot. Elle s'assoit sur le bord du lit. Elle est épuisée. Ses jambes sont engourdies et, dans sa bouche, la salive a le goût du fiel. Il lui semble que son esprit est totalement vide et il faut qu'elle essaie en vain d'imaginer ce qu'elle va bien pouvoir faire au cours des minutes suivantes pour qu'elle sente enfin la douleur et l'humiliation lui déchirer le cœur. Elle se précipite sur le téléphone mais le raccroche aussitôt. Tu ne seras pas rentré chez toi avant le lendemain ou le surlendemain, deux mots qui n'ont subitement plus aucun sens concret, et il n'y a personne qui puisse lui donner une explication. Elle essaie de se dire que tu l'appelleras peut-être, plus tard, elle sait bien que tu ne le feras pas, mais peu importe, pour l'instant, l'attente est la seule forme sous laquelle elle puisse envisager l'avenir. Elle se demande comment tu as pu lui faire ça, elle voudrait savoir à quel moment tu étais vraiment toi-même, quand tu lui serrais la main si fort ou quand tu refermais la porte de l'appartement derrière toi pour disparaître sans même lui laisser la possibilité de comprendre pourquoi, et elle craint que tu n'aies toujours été toi-même car chaque homme est un abîme et gît tout au fond de lui-même, là où ses rêves de cohérence et d'unité ont été engloutis avec lui. Un instant, elle souhaite que tu sois dévoré par les remords mais elle t'a vu, elle sait que tu es déjà dévoré par quelque chose de pire, et elle n'arrive pas à te vouloir du mal. Il faudrait qu'elle te laisse t'éloigner mais elle ne peut pas s'y résigner, pas plus qu'elle ne peut imaginer à quel point tu es loin d'elle. Tu es rentré au village depuis quelques jours et tu regardes le ciel à travers les branches des oliviers. Loin derrière toi, un orage gronde en montagne et les sommets sont noyés sous de gros nuages sombres mais, ici, le ciel est d'une clarté parfaite. Le chien joue avec un morceau de bois mort et il grogne de plaisir et aboie de temps en temps dans ta direction. Tu as évité de passer près de la fontaine. Laisse l'éternité là où elle est. Le seul moyen de la préserver est de ne pas s'en approcher, car c'est dans la perte et l'éloignement que tu te tiens au plus près de ce qui est perdu, et à jamais inaccessible. Il n'y a pas d'attente, pas de rêves, pas d'élan, mais simplement la douceur limpide de ce qui est donné par surcroît. Tu te sens léger et pur, et presque heureux, comme tu te rappelles l'avoir été à Damas, juste avant l'attentat, pendant ces dix jours passés avec Jean-Do et le Serbe.

Vous aviez laissé derrière vous la cohue de la frontière, les milliers de réfugiés qui fuyaient pour la Syrie et ceux qui la quittaient pour quelques heures, juste le temps de faire renouveler leurs visas et de rejoindre l'énorme file d'attente de ceux qui y entraient. Vous aviez supporté les regards haineux avec lassitude. Vous étiez fatigués du visage de ces gens. Vous veniez de déposer vos sacs à l'hôtel et vous traîniez dans le souk, sans rien faire d'autre que de regarder à quoi pouvait ressembler la vie dans une ville épargnée par la guerre. Près des vestiges du temple de Jupiter, un homme vous a abordés et vous a proposé de vous servir de guide. Quand son français lui faisait défaut, il parlait anglais au Serbe qui traduisait. Dans la mosquée des Omeyades, des enfants se poursuivaient en riant, un groupe de femmes assises par terre écoutaient un imam leur donner des conseils d'hygiène et de diététique, quelques hommes, indifférents à la foule des touristes, se prosternaient avec application et vous vous êtes frayé un chemin parmi les prières, les cliquetis d'appareils photo et les cris de joie montant vers le silence de Dieu. Le guide vous a entraînés dans la médina, et vous êtes passés devant la porte brisée des synagogues dans les rues désertes du quartier juif et Jean-Do, qui s'ennuyait horriblement, a voulu revenir dans le souk pour acheter des cadeaux à ses parents. Il est rentré à l'hôtel avec des sacs débordants de narguilés, de coussins, de lampes, de faïences, de kilims, de tissus et de calligraphies prétendument anciennes. Il t'a donné un collier d'argent serti de pierres bleues et un poignard décoré. C'est pour ta mère. Et ça, pour ton père. Ça leur fera plaisir. Tu l'as remercié et tu t'en es voulu un moment de ne pas y avoir pensé toi-même. Mais que pourraient bien vouloir dire ces objets pour eux ? Après la mort de Jean-Do, quand tu es rentré au village, tu ne les as pas rapportés à tes parents, et tu as aussi laissé tous les cadeaux qu'il destinait aux siens. Tu n'as pas eu le sentiment de le trahir. Il ne les avait pas achetés pour qu'ils deviennent ses propres reliques, des sources inépuisables de douleur et de chagrin. Après que le guide vous eut indiqué un endroit où vous pourriez trouver de l'alcool, vous lui avez donné rendez-vous pour le lendemain. Vous avez passé la soirée dans un bar étonnamment animé près de la porte de l'Orient. Jean-Do regardait les filles et se tournait dans tous les sens. Le Serbe et toi buviez un cocktail en silence. Tu as pensé, je suis heureux, et le Serbe t'a souri comme s'il venait de se dire la même chose. A travers la brume délicieuse de l'alcool, une longue BMW pailletée de mauve a glissé devant toi dans la nuit tiède, de la musique égyptienne s'échappait par les vitres ouvertes, tu as regardé le conducteur qui a lissé sa moustache avant de te faire un signe amical du bout des doigts. Le lendemain, vous avez bu du thé avec le guide après avoir visité des églises si vieilles que certaines de leurs dalles portaient encore l'empreinte des pas du Christ. Et tirer un coup, c'est possible ? a demandé Jean-Do au Syrien qui n'a pas compris. Jean-Do a sorti de sa poche un préservatif qu'il a récupéré au milieu d'une liasse de dollars. Ça, tu comprends, ça ? Alors, c'est possible ? Tu as eu peur d'un scandale mais le guide a jeté un œil blasé sur le préservatif, il a hoché la tête d'un air entendu et a dit, oui, c'est possible, pas ici, mais c'est possible. Vous avez réservé des chambres au *Sheraton* pour la nuit. Trois filles vous ont rejoints au bar où vous regardiez une danseuse du ventre bulgare couverte de voiles vaporeux faire tinter ses bracelets en frappant le sol de son pied nu. Dans la chambre, tu as regardé la décoration de mauvais goût, les tentures surchargées, le couvre-lit brodé et tu as pensé, c'est comme ça que les ploucs comme moi sont censés se représenter le luxe, et tu as pensé, non, c'est ça le luxe, et puis tu n'as plus pensé du tout parce que la fille venait de se déshabiller et que sa nudité a asséché ton esprit. Ses longs cheveux noirs ont caressé ta joue, elle t'a parlé doucement à l'oreille en arabe et tu ne savais pas si elle t'encourageait ou si elle te maudissait, mais ça n'avait pas d'importance, tu voulais qu'elle continue à prononcer des mots que tu ne comprenais pas et à t'emprisonner dans la tenaille de ses cuisses vénéneuses que toute la ferveur de Magali ne réussirait pas à chasser de ta mémoire.

Vous vous êtes encore promenés dans Damas, sur les affiches géantes, Bassel al-Assad vous regardait passer depuis l'outre-tombe, derrière les verres fumés de ses lunettes d'aviateur et, quelques jours plus tard, vous êtes partis en taxi pour Beyrouth. Un peu avant la frontière, vous vous êtes arrêtés manger un morceau et le chauffeur est parti s'installer tout seul à une table éloignée de la vôtre. Tu ne savais pas s'il était d'humeur solitaire ou s'il avait reconnu en vous des hommes qui ne méritaient pas qu'on partage quoi que ce soit avec eux. Tout en haut d'un col enneigé, vous avez aperçu la silhouette des soldats syriens qui fumaient dans le froid, emmitouflés dans leurs parkas. Vous vous êtes arrêtés pour obtenir des visas et changer vos dollars et vous avez pris une route qui descendait vers la mer. Au bout d'un moment, le chauffeur de taxi a cherché quelque chose dans sa poche et l'a tendu au Serbe qui était assis près de lui. C'était une photo sur laquelle on pouvait voir deux petits enfants souriants, un garçon et une fille. Le Serbe vous l'a montrée avant de la lui rendre. *Your kids ? Wlâdak ?* Le chauffeur a hoché la tête en souriant. Il a répété, *my kids. Wlâdi.* Le Serbe a pris son portefeuille et en a extrait à son tour une photo qu'il a donnée au chauffeur. Tu t'es penché pardessus le dossier du siège avant pour la regarder et tu as eu le temps d'apercevoir une jeune femme et un enfant que le Serbe a fait disparaître aussitôt dans son portefeuille sans se soucier de Jean-Do ni de toi. Il ne t'avait jamais parlé d'eux. Pour toi, le Serbe était aussi seul au monde que s'il était né des profondeurs de la terre. *Your kid ?* a demandé le chauffeur. Le Serbe a fait oui de la tête. Le chauffeur lui a posé une longue question en arabe et le Serbe a fait signe qu'il ne comprenait pas. Le chauffeur a cherché des mots anglais et puis il a haussé les épaules et ils ont ri tous les deux. Des immeubles en ruine, aux murs criblés de balles et déchirés par les obus de mortier ont défilé derrière les vitres dans la banlieue de Beyrouth et ton cœur s'est mis à battre comme à la pensée d'une femme aimée et tu as su ce qu'était le bonheur, la longue nuit d'attente de Hallâj sur la croix de son apothéose, une trêve entre deux zones de tumulte, qui ne prenait son sens et sa valeur qu'au regard du tumulte à venir car, là-bas, au *checkpoint*, une inconnue guettait déjà votre retour pour vous convier à ses noces de gravats et de cendres, et tu as mesuré ta chance parce que tu devinais confusément, je crois, que quelque chose allait se passer qui rendrait ces jours inoubliables, même si tes souvenirs sont comme les rêves désincarnés d'un fantôme.

Mais regarde : aujourd'hui est à nouveau un jour de trêve. Ta vieille carabine est posée à côté de toi et tu frottes dans tes mains un peu de la terre humide de l'oliveraie. Tu as gagné le droit de faire tes ablutions dans ce qui reste impur aux yeux des autres hommes. Car tu as été guerrier et martyr d'un monde qui meurt dans les flammes et tu as appelé sur ta tête les torrents de haine et de mépris que son agonie déchaîne encore, et ce qui ne t'a pas été enlevé de force, tu l'as rejeté toi-même loin de toi, comme tu as obstinément rejeté loin de toi ton propre cœur, et tu t'es enfoncé si loin dans les déserts arides, et si longuement enivré avec le Dragon que tu es enfin devenu parfaitement étranger et démuni de tout – et tout peut maintenant t'être rendu. Une demeure. La sérénité du combat. Un cœur pur. Si tu n'étais pas sourd à ma voix, tu saurais que tu as gagné le droit de proclamer à ton tour, je suis la vérité, car tu sais que c'est par tes yeux que Dieu jette son regard avide sur le monde, et par les yeux innombrables des insectes, Dieu est aux aguets dans les pulsations obscures des chrysalides, dans le ventre humide des bêtes, où il attend de se repaître encore de sa création qu'il multiplie et renouvelle ainsi à l'infini. Le soir tombe et tu entends les oiseaux battre de l'aile dans l'ombre des branches agitées par le vent froid. Parole du Seigneur. Tu jettes le morceau de bois et le chien s'élance, la langue pendante. Il le rapporte vers toi et grogne en remuant la queue quand tu le lui enlèves de la gueule. Tu t'accroupis à sa hauteur et le caresses jusqu'à ce qu'il se soit calmé. Il se laisse aller sur le flanc et te lèche la main et le contact de sa langue chaude t'emplit d'une telle tendresse que tout devient facile, tu te relèves en lui disant doucement des mots d'amitié et tu appuies le canon de la carabine contre son oreille et tu tires. Ses pattes se tendent et tremblent convulsivement. Tu recharges la carabine aussi vite que tu peux et tires une seconde fois. Quand il ne bouge plus du tout, tu t'agenouilles à ses côtés et tu lui parles encore en le caressant, tes mains sont pleines du sang de l'ablution et tu lui révèles que certaines choses infimes ne meurent pas et sont comme des blocs d'éternité enfouies dans la fugacité des mondes et, là où le temps continue de passer, deux ou trois mois se sont peut-être écoulés et ont maintenant fait surgir un nouveau printemps. Magali a loué une voiture à l'aéroport et roule vers le village. La manager secteur a obtenu une promotion dans une ville plus importante et on lui a offert son poste. Elle s'est étonnée d'être capable de continuer à travailler si efficacement alors qu'elle ne cessait de penser à toi et qu'il lui semblait qu'elle ne pourrait pas supporter plus longtemps le poids de ses questions sans réponses. Mais quelque chose d'aveugle s'exprime à travers elle, qui ne se laisse pas atteindre par sa souffrance et son désarroi, et lui donne la force d'affronter chaque matin la tâche qui lui a été confiée. Plusieurs fois, elle a été tentée de t'appeler. Elle ne l'a jamais fait. Elle ne voulait pas jouer auprès de toi le rôle que Nicolas Rummelhart a tenu auprès d'elle pendant si longtemps, avant qu'elle ne se décide à répondre à ses appels. Quelques semaines plus tôt, elle est allée le rejoindre. Elle a passé le week-end avec lui. Tout a été simple et, le week-end suivant, c'est lui qui est venu la voir. Elle s'est réveillée au milieu de la nuit et a écouté sa respiration sans pouvoir se rendormir. Elle se sentait protégée, en paix avec elle-même et, en même temps, dans un repli secret de son âme, la déesse païenne qu'elle avait un jour été à travers toi pleurait toujours sa splendeur déchue. Elle a pris quelques jours de congé et dit à Nicolas qu'elle avait prévu depuis longtemps de les passer avec son père. Mais elle est seule sur la route qui mène au village et elle respire par la vitre ouverte les parfums portés par le vent. Elle n'était jamais venue qu'en été et n'a connu que la violence de sa lumière éblouissante. L'air vif et clair du printemps éveille en elle des désirs d'allégresse. Elle n'a pas peur de se retrouver en face de toi. Elle s'est libérée du ressentiment et rêve qu'elle vient vers toi comme une sœur dont tu reconnaîtras le sourire bienveillant, et à qui tu sauras que tu peux te confier sans craindre qu'elle ne soit blessée par ta cruauté. Car elle comprendra tout, et elle te pardonnera, et peut-être éprouveras-tu le besoin de lui prendre à nouveau la main pour t'imprégner encore de sa douceur avant qu'elle te laisse t'en aller. Elle n'a pas voulu demander les clés de la maison à sa mère pour éviter d'avoir à inventer une explication et, arrivée au village, elle va les récupérer chez le voisin. Il lui demande comment elle va, ce qu'elle est devenue maintenant qu'elle est une femme, il veut lui offrir un café et des gâteaux, elle dit qu'elle est pressée et lui promet qu'elle reviendra le voir mais il s'accroche à son bras et n'arrête pas de l'embrasser et elle doit quand même avaler quelques gorgées de café réchauffé avant de pouvoir s'en débarrasser. Dès qu'elle a passé la porte de la maison, une odeur de renfermé et de moisi lui envahit les narines. Elle pose son sac et ouvre les fenêtres et les volets. Le salon lui semble minuscule. Les murs sont fissurés, il y a des toiles d'araignée et des cadavres desséchés de petits scorpions dorés sur le sol poussiéreux. Elle se sent redevenir triste et vulnérable. Elle regarde autour d'elle. La maison est la même que dans ses souvenirs mais quelque chose d'impalpable s'est brisé, et chaque objet qu'elle reconnaît est comme terni, bancal, mutilé. Elle repense à ses dernières vacances d'étudiante, aux grasses matinées, au désordre et au souffle de la vie, elle revoit son enfance, elle entend du fond de son lit, juste avant de s'endormir, la conversation rassurante de ses parents qui prennent le frais sur la terrasse, elle sent l'odeur des draps, mais tout a disparu et elle se rappelle ce que tu disais des maisons qui sont des tombeaux. Sa mère n'a jamais aimé ce village, elle n'a jamais voulu admettre qu'il était le sien. Sans l'insistance du père de Magali, elle ne serait jamais revenue y passer ses vacances. Il essayait de se retrouver des racines mais elle ne lui en a pas laissé la possibilité. Après leur divorce, elle a toujours catégoriquement refusé qu'il continue à utiliser la maison. Elle a préféré la laisser complètement à l'abandon. Peut-être est-ce ma mère qui a raison, pense Magali. Peut-être faut-il laisser mourir ce qui meurt et en détourner le regard.

Elle sort et court presque jusque chez toi. C'est ta mère qui lui ouvre. Magali explique qui elle est et ta mère dit, oui, la fille du Russe. Est-ce que votre fils est ici ? Ta mère baisse la tête et rentre sans rien dire, en laissant la porte ouverte, Magali est debout sur le seuil, elle scrute l'intérieur obscur de la maison et ton père apparaît. Mon fils est mort. Il est mort il y a trois mois. Il ferme les yeux. Magali le regarde d'abord sans rien dire. Son ventre lui fait mal. Comment est-ce possible ? Comment est-il mort ? Ton père la rejoint dehors et ferme la porte derrière lui. Allons marcher, si tu veux. Magali fait oui de la tête et le suit dans les ruelles. Il respire difficilement et ne parle pas. Au bout d'un moment, il s'assoit sur un muret et fait signe à Magali de s'asseoir près de lui. Il lui agrippe le bras et lui dit que tu avais l'habitude d'aller tous les soirs dans l'oliveraie, avec ce chien que tu avais trouvé Dieu sait où et qui te suivait partout, tu allais chasser, sauf que tu ne chassais pas, tu ne ramenais jamais rien, et tu y retournais quand même tous les soirs et, un soir, tu n'es pas rentré. D'abord, ils ne se sont pas inquiétés, parce que tu ne leur disais jamais ce que tu faisais, ils avaient beau te demander de faire un effort, tu ne leur disais jamais rien, alors ils t'ont attendu, et il a été trop tard pour partir à ta recherche, ils n'ont pas dormi, et dès que le soleil s'est levé, il est allé dans l'oliveraie et il t'a trouvé, tu étais mort, le chien était mort aussi, et tu serrais le canon de la carabine entre tes dents, et tes mains étaient pleines de sang, et il a hurlé tout seul au milieu des oliviers et, maintenant, il prend la main de Magali et il se met à pleurer sur sa main, il renifle bruyamment, il s'essuie les yeux et reprend sa respiration jusqu'à ce que ses larmes se tarissent. Excuse-moi, dit-il calmement. Je n'aurais pas dû te raconter ça. Magali lui dit que ce n'est rien, elle voulait savoir. Elle va rentrer chez elle et le laisser tranquille mais il veut encore parler de toi, il dit que tu n'avais pas l'air malheureux, moins malheureux qu'avant, en tout cas, quand tu ne pouvais pas partir, et il dit que ta mère ne voulait pas que tu t'en ailles, qu'elle était sûre qu'on te ferait du mal et ils ont été si soulagés de te voir revenir, ils étaient tristes pour le pauvre Jean-Do mais si soulagés pour toi, qui étais revenu, mais ta mère avait quand même raison, on t'avait fait du mal, beaucoup de mal, et ils n'avaient pu ni l'empêcher, ni même le voir et aujourd'hui, quand le père de Jean-Do les regarde, ils sont sûrs qu'il est heureux qu'eux aussi aient perdu leur fils. Je vais rentrer, dit Magali. Vous présenterez mes condoléances à votre femme. Il dit oui. Elle se penche pour l'embrasser et il esquisse un nouveau sanglot. Elle s'éloigne et puis revient vers lui. Il a laissé quelque chose ? Un mot ? Ton père secoue la tête. Rien du tout. Magali repart. Elle a honte d'avoir posé cette question parce qu'elle a espéré un moment que c'était pour elle que tu aurais pu laisser un mot. Elle rentre chez elle. L'odeur de renfermé est toujours perceptible malgré les fenêtres grandes ouvertes. Elle s'assoit dans un fauteuil défoncé. Elle passe ses mains sur son visage. Elle ramasse son sac, referme les volets et les fenêtres et elle s'en va. Elle pose les clés dans la boîte aux lettres du voisin. Elle n'a pas le courage de lui dire au revoir. Elle remonte dans sa voiture et repart vers l'aéroport. Une vingtaine de kilomètres plus loin, elle s'arrête au bord de la mer. Elle sort respirer l'air salé. Elle voudrait pleurer mais elle ne peut pas. Elle est vide et sèche. Elle repense à la dernière nuit qu'elle a passée avec toi et elle essaie de se rappeler ce que tu lui disais dans ta fièvre. Mais elle ne sent que l'étreinte désespérée de ta main brûlante et elle t'entend répéter sans cesse les mêmes questions, comment pourrait-il faire ? comment ferait-il ? comment nous dirait-il son amour ? et rien d'autre, elle a beau fermer les yeux et se tendre de tout son être pour que cette nuit lui soit rendue, ne serait-ce que l'espace d'une seule seconde, elle n'entend rien d'autre. Et elle voudrait t'avoir serré plus fort contre elle jusqu'à ce que tu sois guéri, elle voudrait t'avoir confié ce qu'elle avait eu tant de mal à apprendre. Si durement qu'on juge le monde, on n'en est jamais qu'une partie et il faut l'accepter car, hors du monde, il n'y a rien, nul repos, nulle bonté, nulle échappatoire, et on ne peut pas s'enfuir hors du monde. Mais elle n'a su que rester près de toi, avec ses caresses inutiles, avec la promesse superflue de son amour, et il ne vous sera pas donné de seconde chance. Car dans la nuit de ta fièvre tu as été ramené tout au bout des déserts, là où tes yeux s'ouvrent à nouveau sur les moissons de chairs sanglantes que le souffle énorme de Dieu a dispersées. Sa main s'est abattue près de toi et t'a à peine effleuré, mais tu es rompu pour toujours et, autour de toi, gisent ceux qu'il a choisi d'étreindre. Tes yeux sont ouverts, tu vois des choses qui ne sont plus des membres et qui ne sont plus des visages, tu essaies de crier le nom de ton ami sans qu'aucun son ne sorte de ta bouche, tu trembles de terreur et de fièvre, et tu serres la main de Magali sans pouvoir t'arracher à ta vision, tu lui dis, reste avec moi, mais tu es emporté loin d'elle, là où jamais elle ne pourra te rejoindre, des mouches bourdonnent dans les rayons du soleil voilé, tu ne peux pas fermer les yeux et, depuis les profondeurs misérables de ton âme d'homme, tu ressens soudain une immense pitié pour la puissance de Dieu et son amour sans langage, sans pudeur ni merci, et tu demandes sans cesse, comment ferait-il ? comment pourrait-il faire ? et tu vois ce qui ressemble maintenant à la couche dévastée d'une noce bestiale, tu t'endors un instant, tu te réveilles en cherchant la main de Magali qui n'a pas lâché la tienne et tu es renvoyé dans la poussière et dans le sang, mais tout a changé et tu ne vois plus devant toi que la glaise primordiale dont Dieu façonne la multitude des êtres et des mondes qu'il tire du néant et renvoie, sans fin, au néant, tu entends la voix du martyr qui a connu l'amour de Dieu et supplie, tuez-moi ! et tu comprends sa prière et tu cesses d'avoir peur car personne ne sera épargné. Dans l'obscurité, tu cherches le regard de Magali, tu touches ses lèvres et tu murmures, comment pourrait-il faire ? s'il nous épargnait, comment ferait-il ?

Comment nous dirait-il son amour ?

BABEL

Extrait du catalogue

1104. JEANNE BENAMEUR
Ça t'apprendra à vivre

1105. JOSEPH E. STIGLITZ
Le Rapport Stiglitz

1106. COLINE SERREAU
Solutions locales pour un désordre global

1107. MAJID RAHNEMA
La Puissance des pauvres

1108. ALAIN GRESH
De quoi la Palestine est-elle le nom ?

1109. JANE GOODALL
Nous sommes ce que nous mangeons

1110. *
Histoire des quarante jeunes filles

1111. MATHIAS ÉNARD
L'Alcool et la Nostalgie

1112. NANCY HUSTON
Infrarouge

COÉDITION ACTES SUD – LEMÉAC

Achevé d'imprimer en avril 2012 par Normandie Roto Impression s.a.s. 61250 Lonrai sur papier fabriqué à partir de bois provenant de forêts gérées durablement (www.fsc.org) pour le compte d'ACTES SUD, Le Méjan, Place Nina-Berberova, 13200 Arles.
Dépôt légal 1re édition : mai 2012.
N° impr. : 121538.
(Imprimé en France)